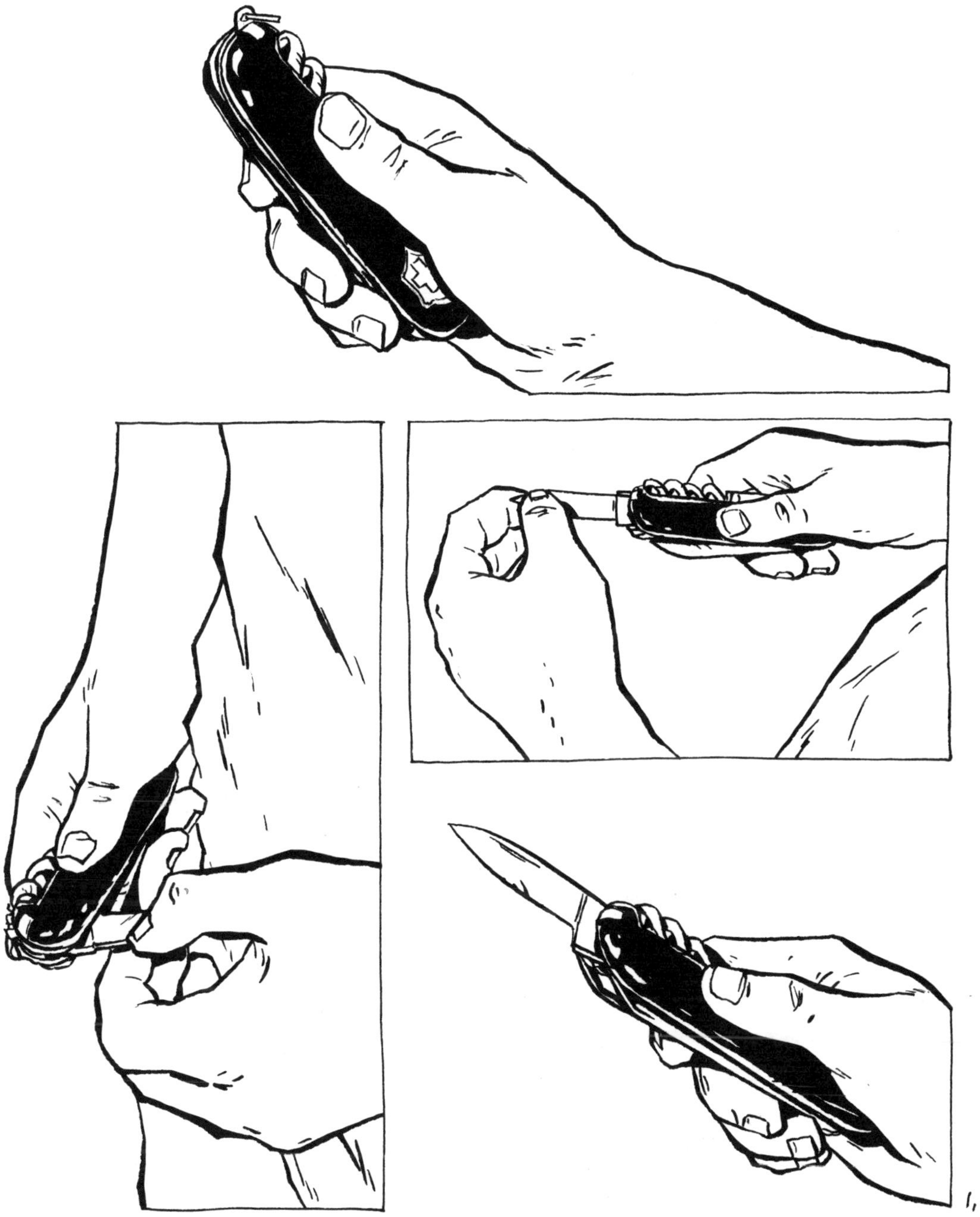

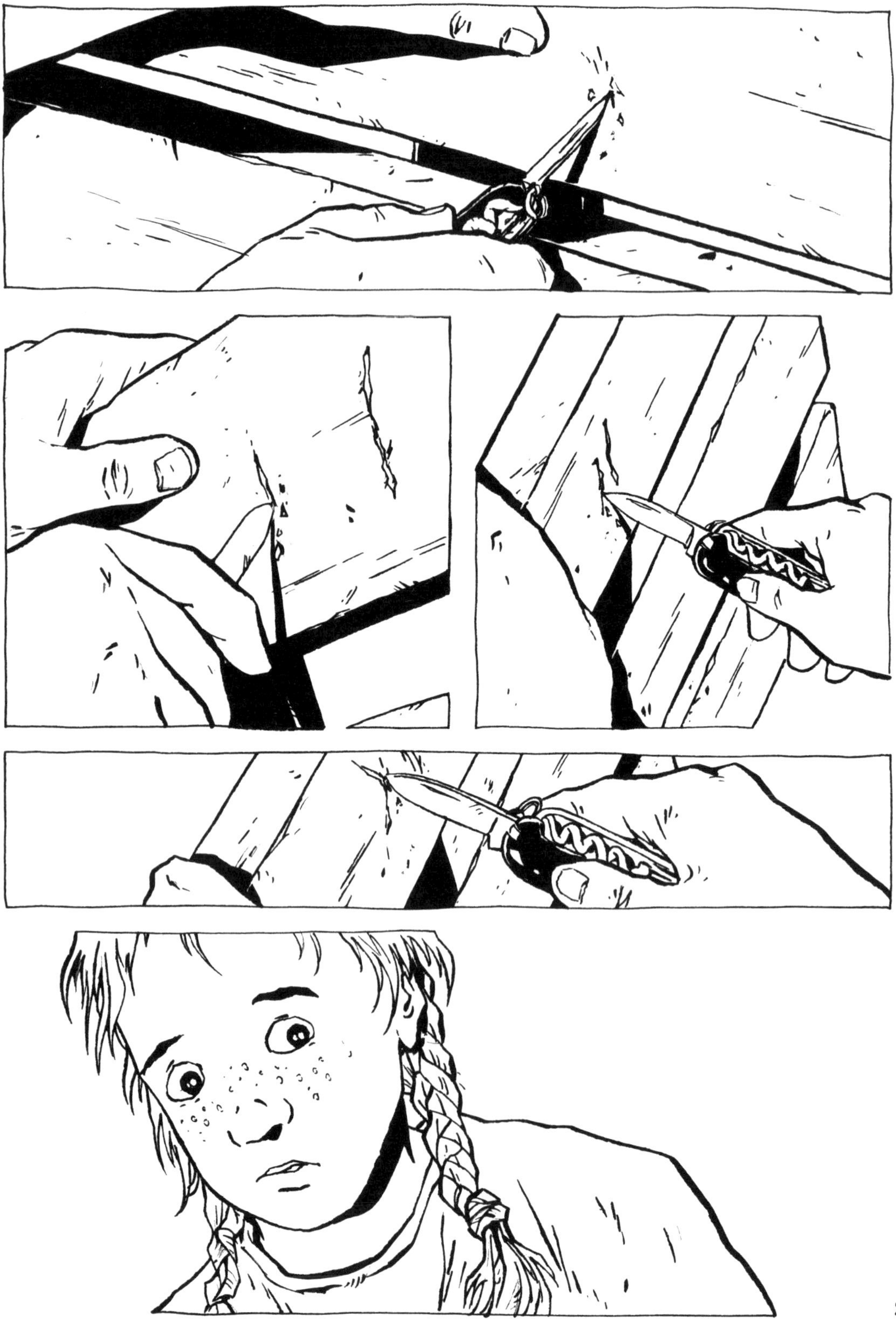

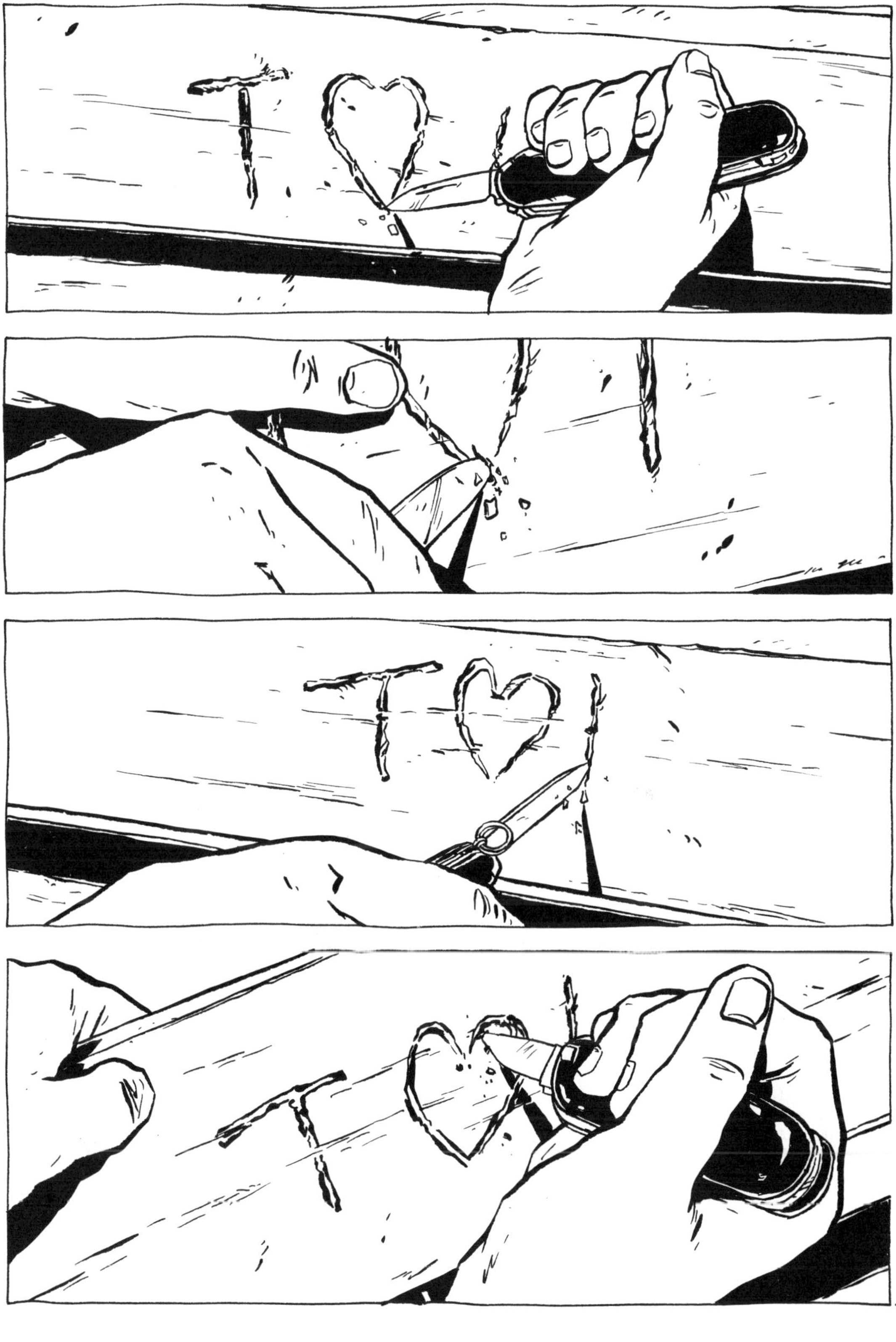

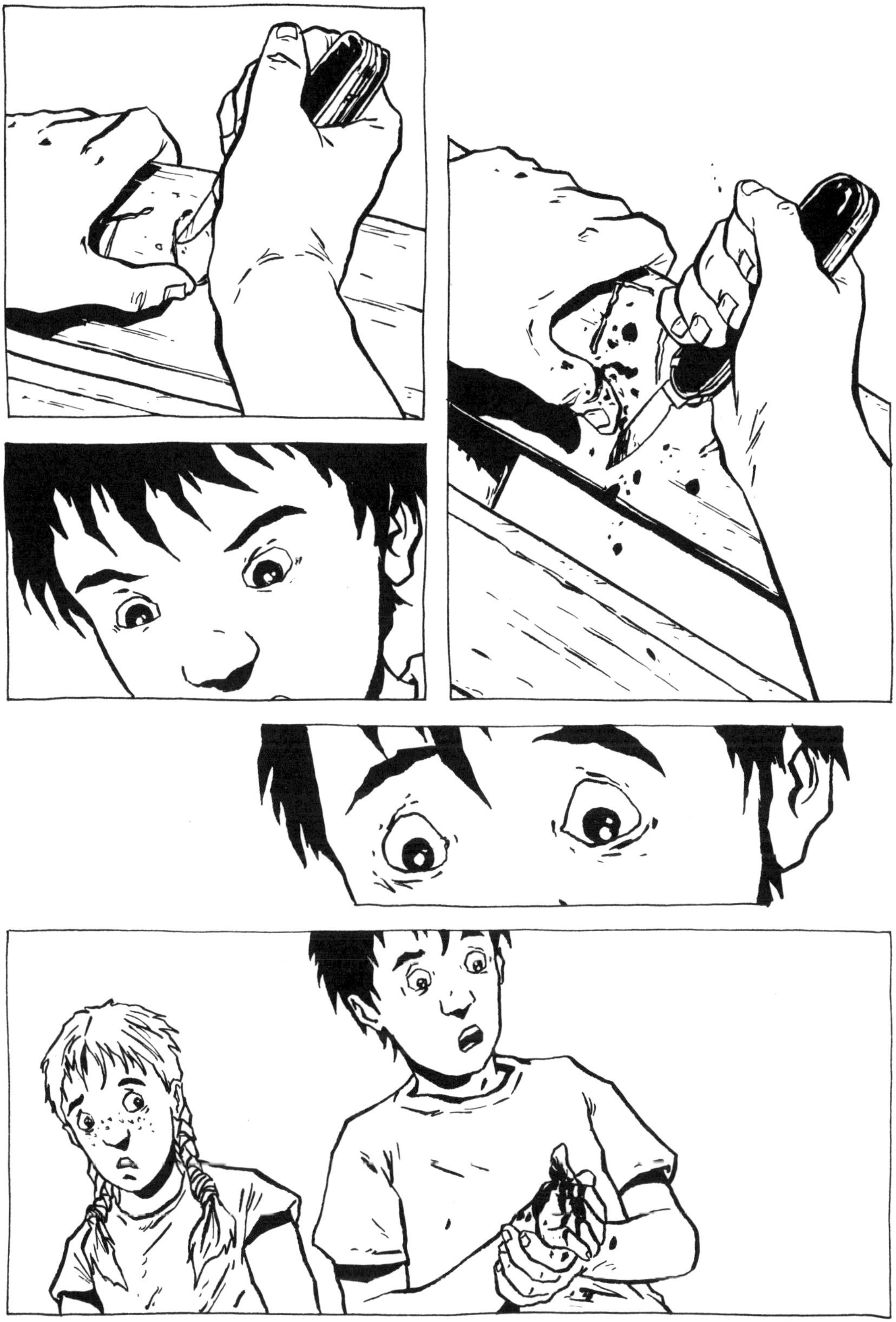

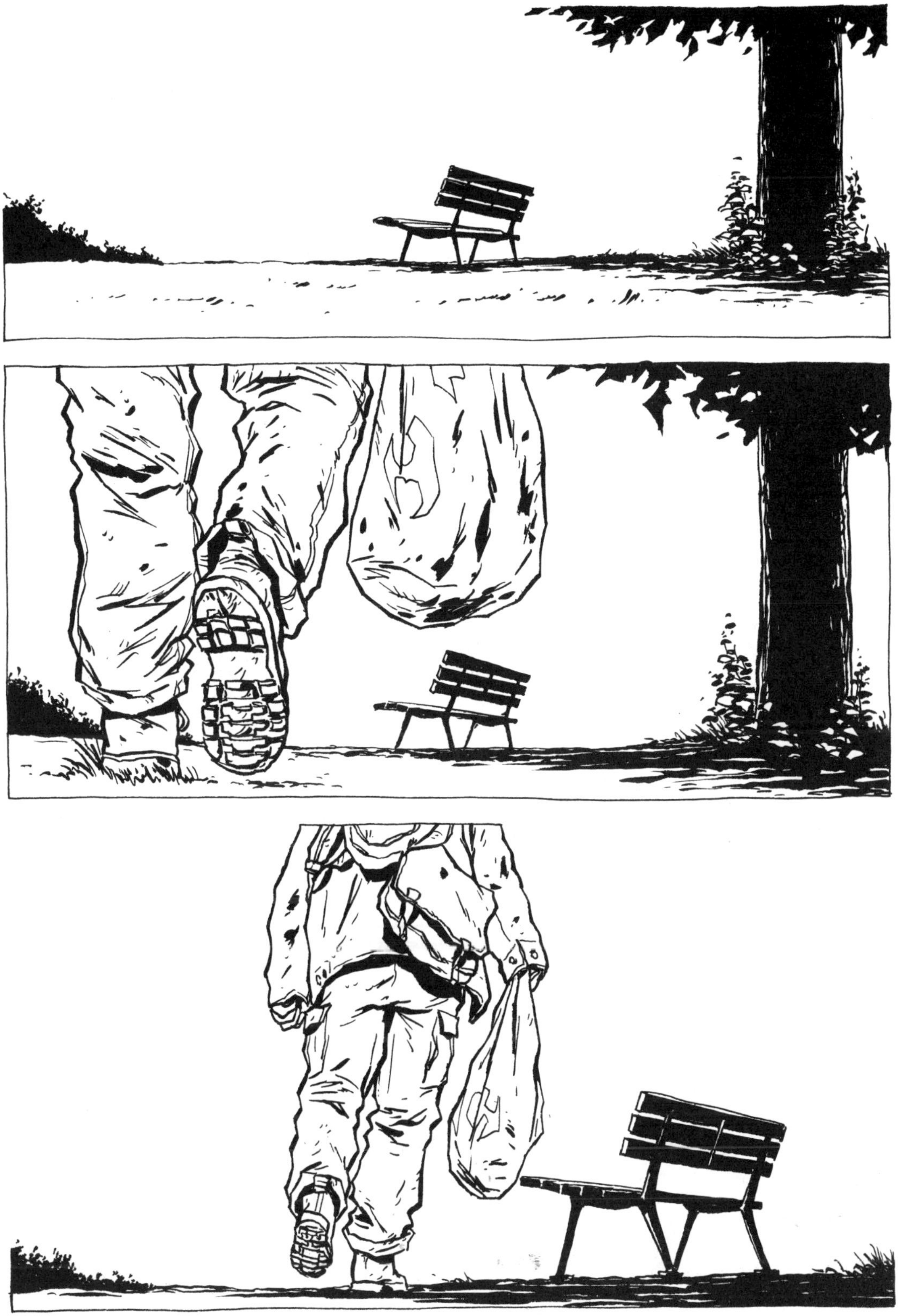

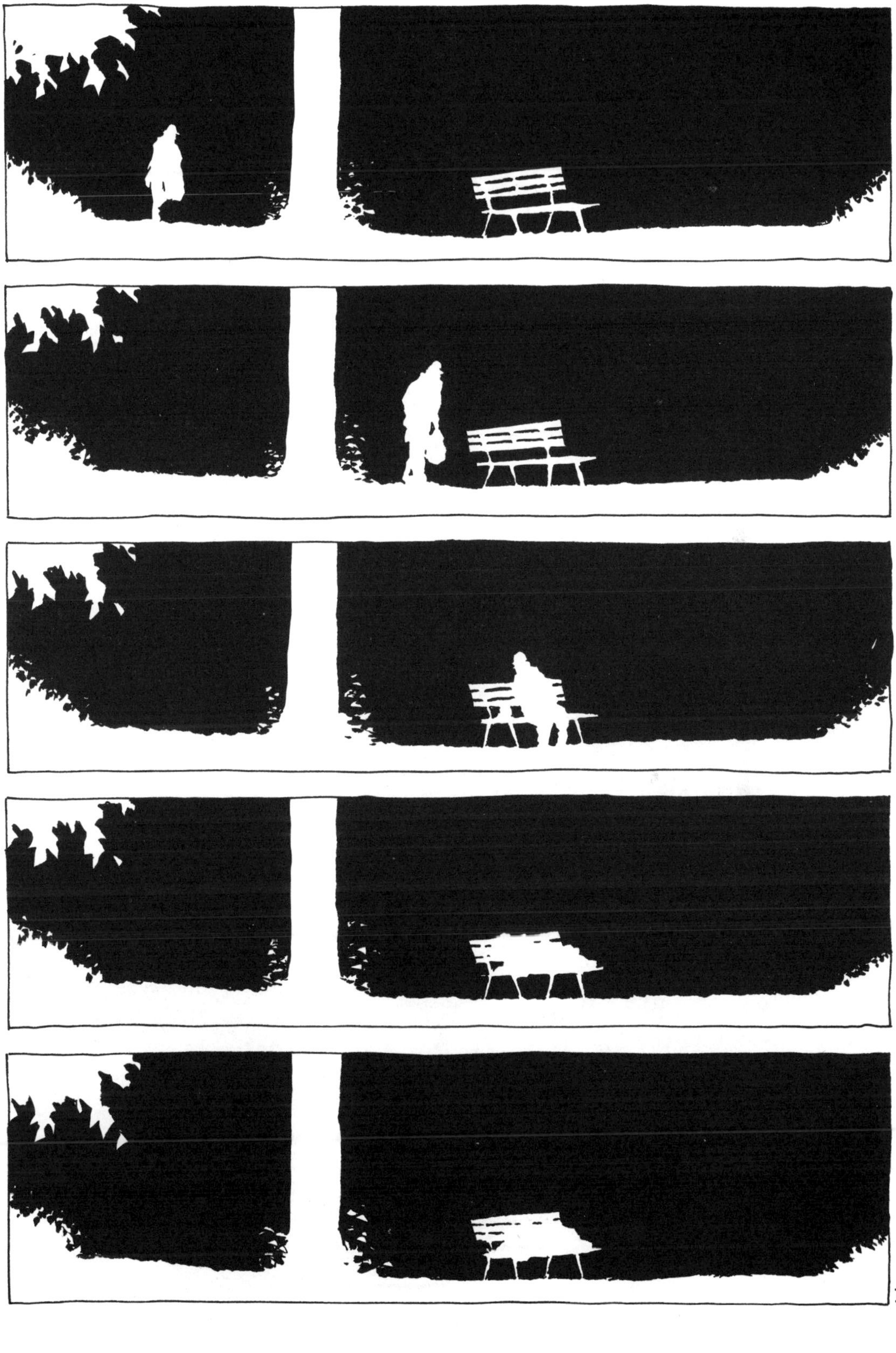

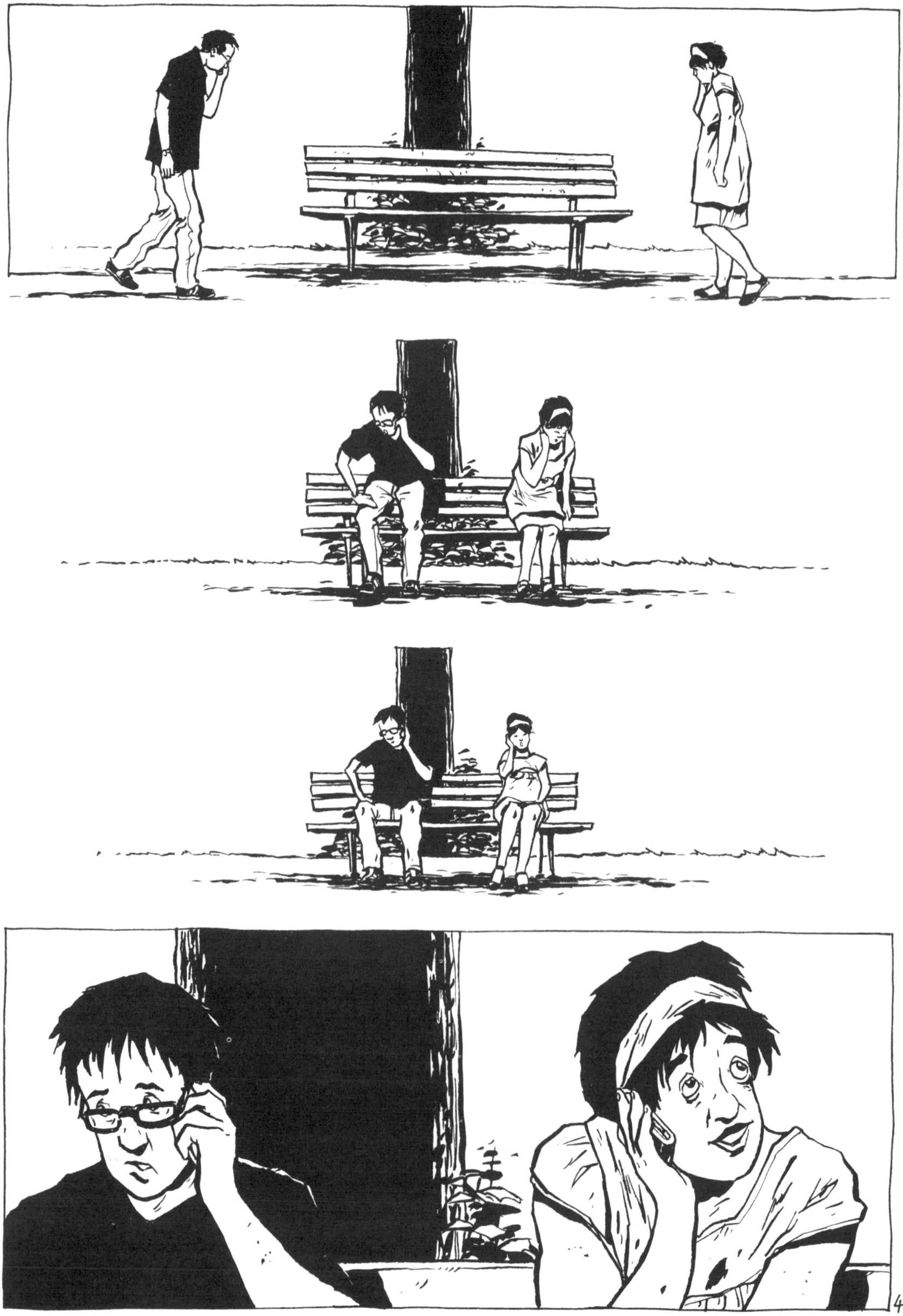

TUE 30

* 卡德兰《天堂之音》。芭芭拉·卡德兰（Barbara Cartland, 1901—2000），英国畅销书作家，其作品以言情小说为主，据说一生中创作了 700 多部小说。图中小说原题为 *Music from Heaven*。

CARTLAND

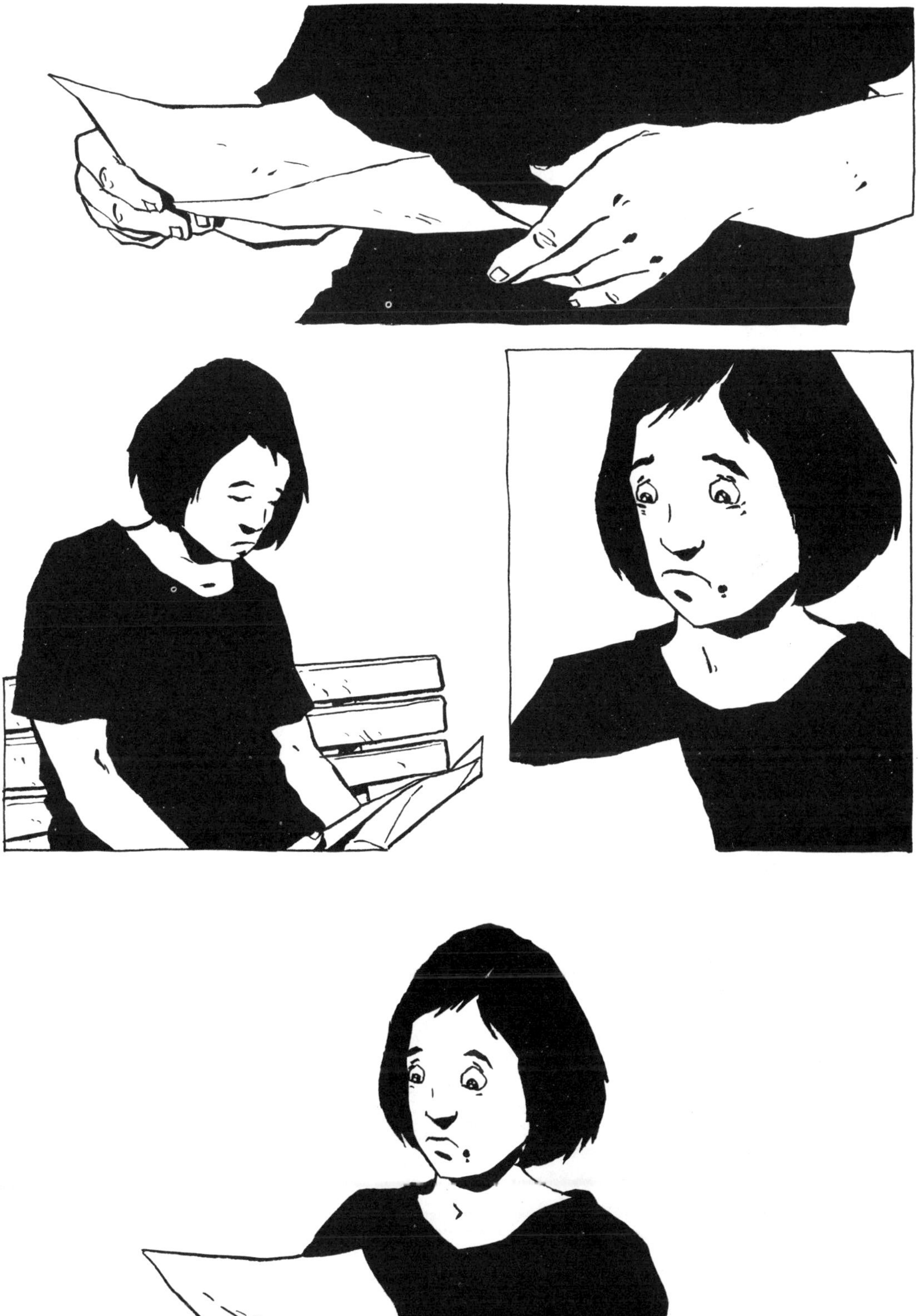

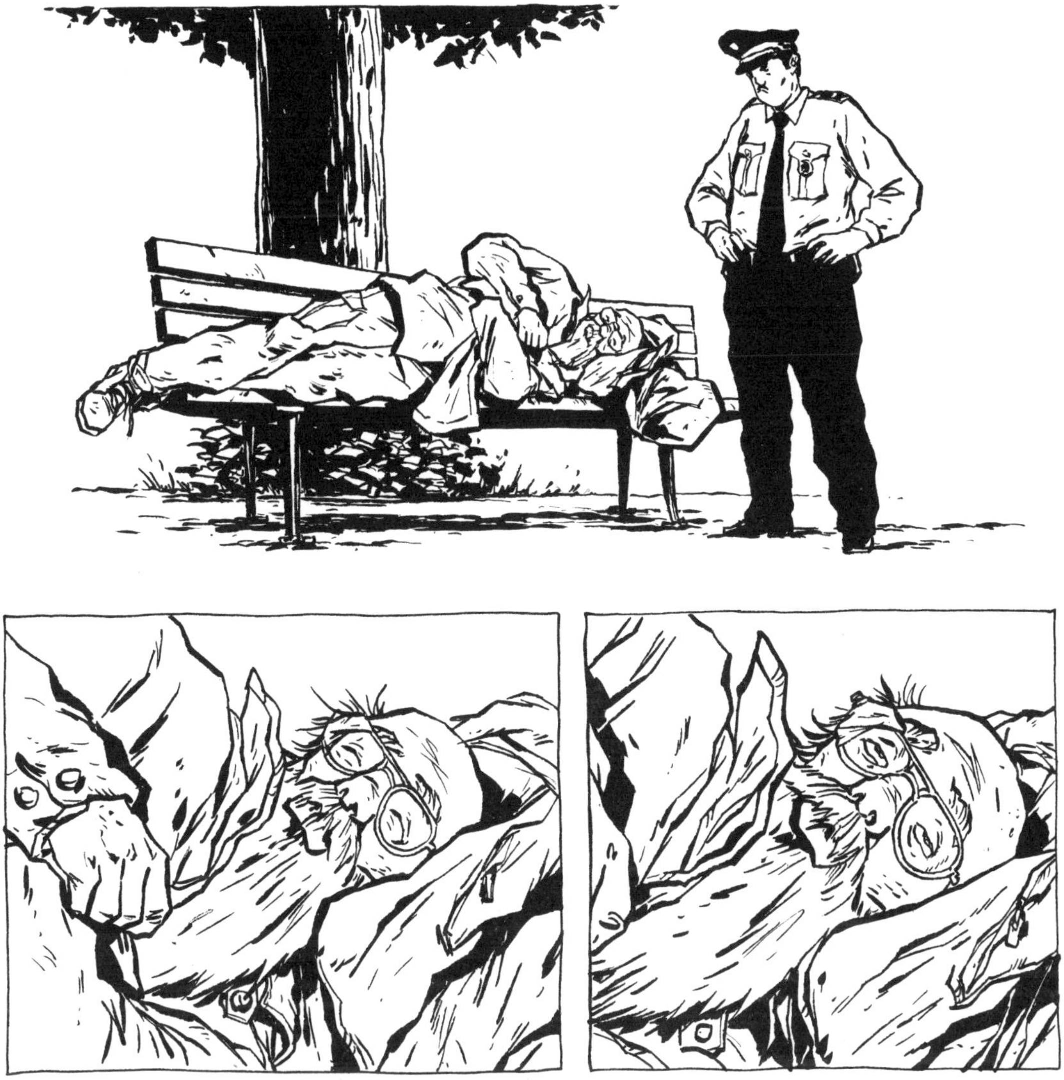

* 比较音乐学

* 愚蠢永无止境

LA BÊTISE EST INFINIE

* 尽情玩乐

* 长椅与衣服上的字组成一个新的句子，可译为“节日已逝”或“晚会结束了”。

FAITES LA
FÊTE
FAITES
FÊT
TENACE!
TENACE!

* 顽固!

TENACE
LA BÊTISE EST

* 愚蠢是顽强的。

TENACE
TENACE

TENAC

* 愚蠢是……

LA BETISE EST INFINIE

* 速干漆

* 油漆未干

PEINTURE FRAICHE
PEINTURE FRAICHE

PEINTURE
FRAICHE

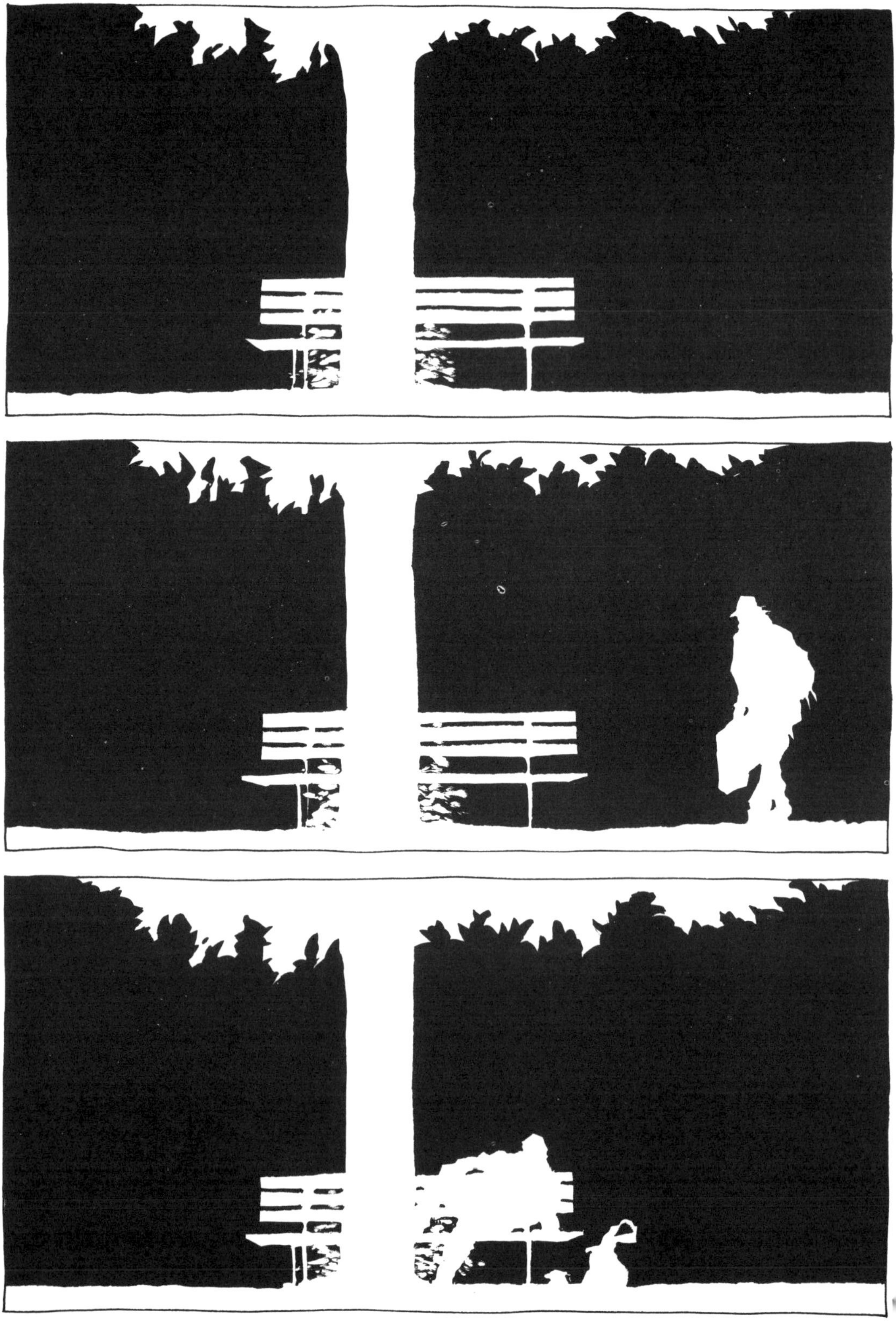

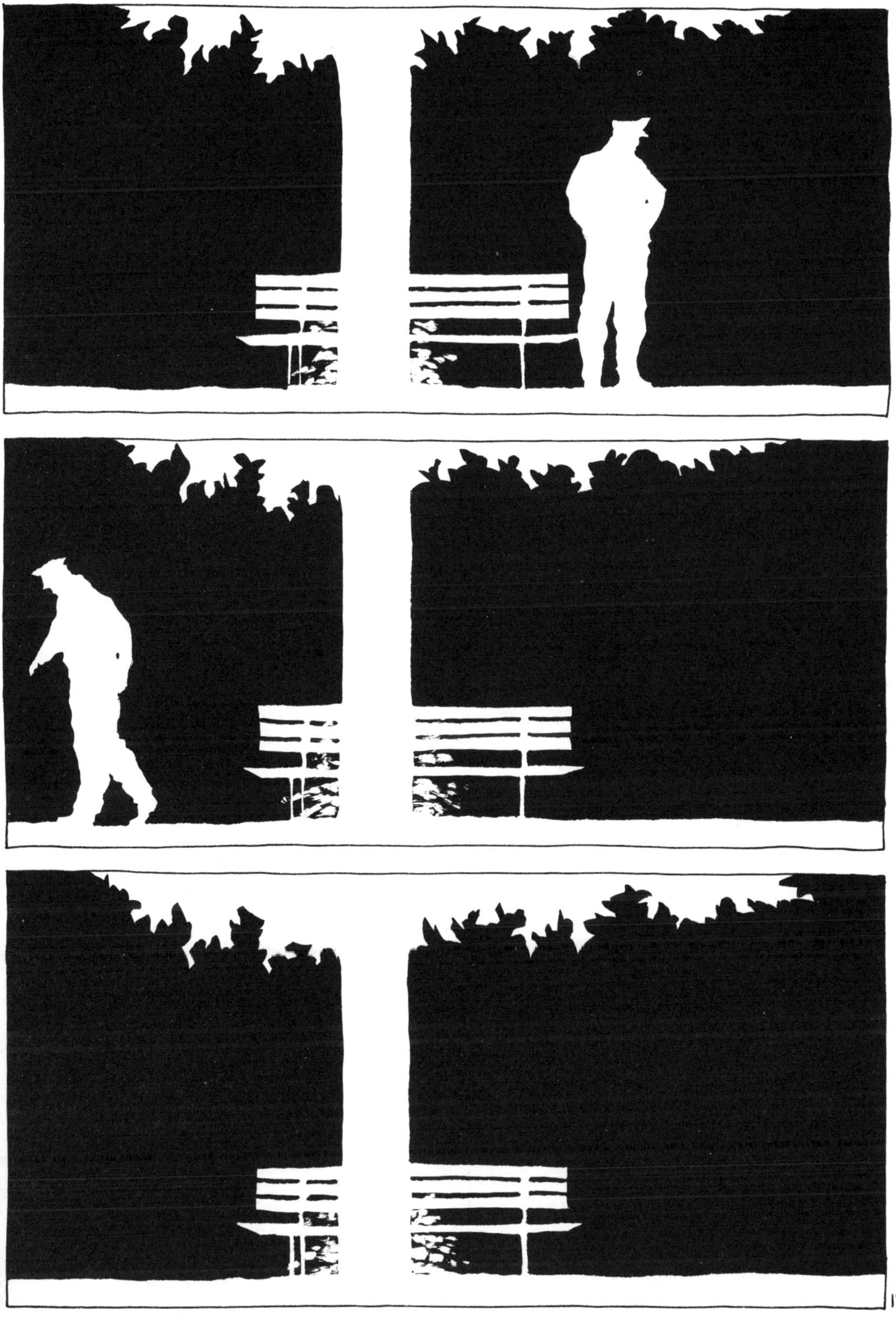

CARTLAND

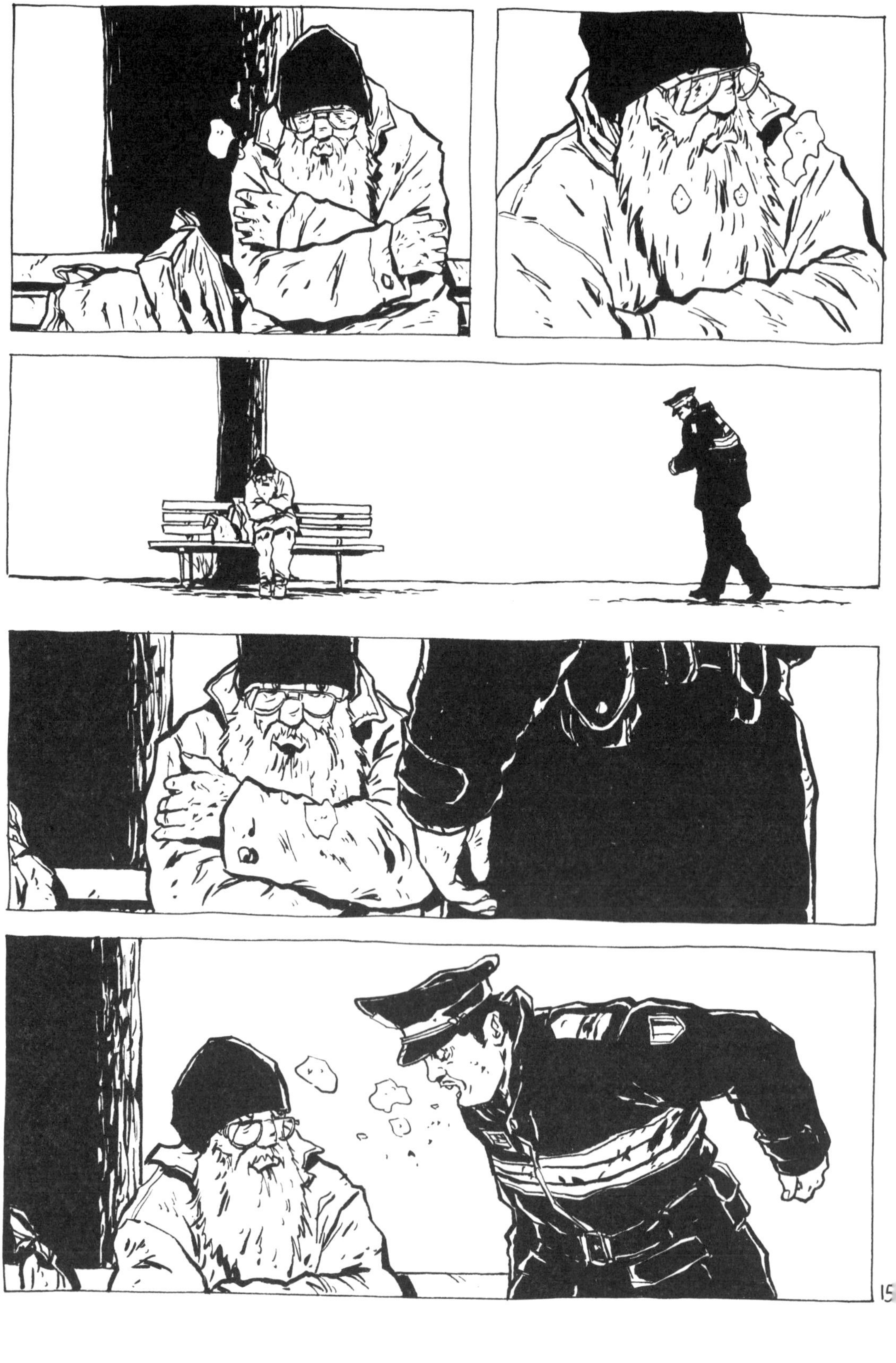

* 市政警察

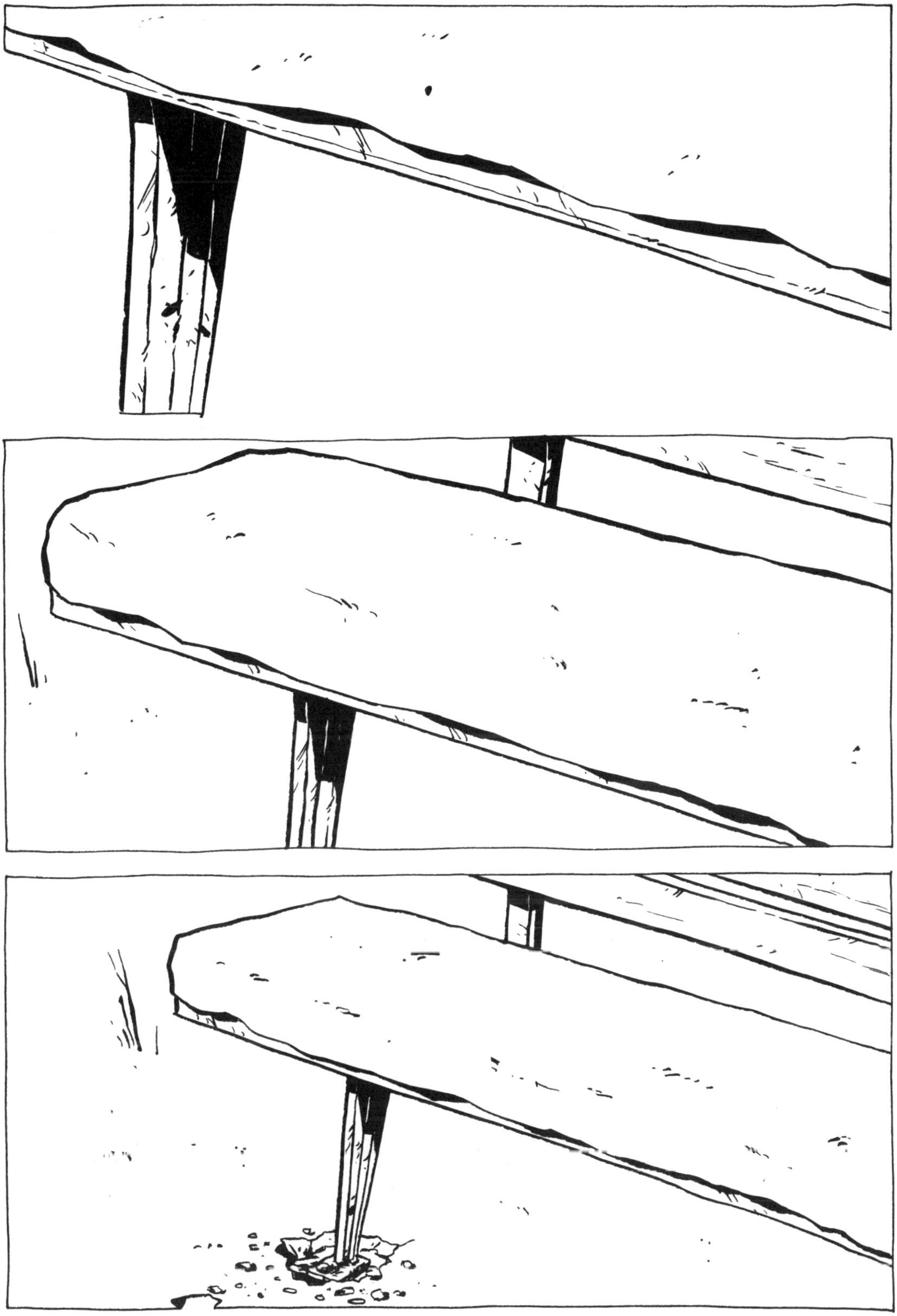

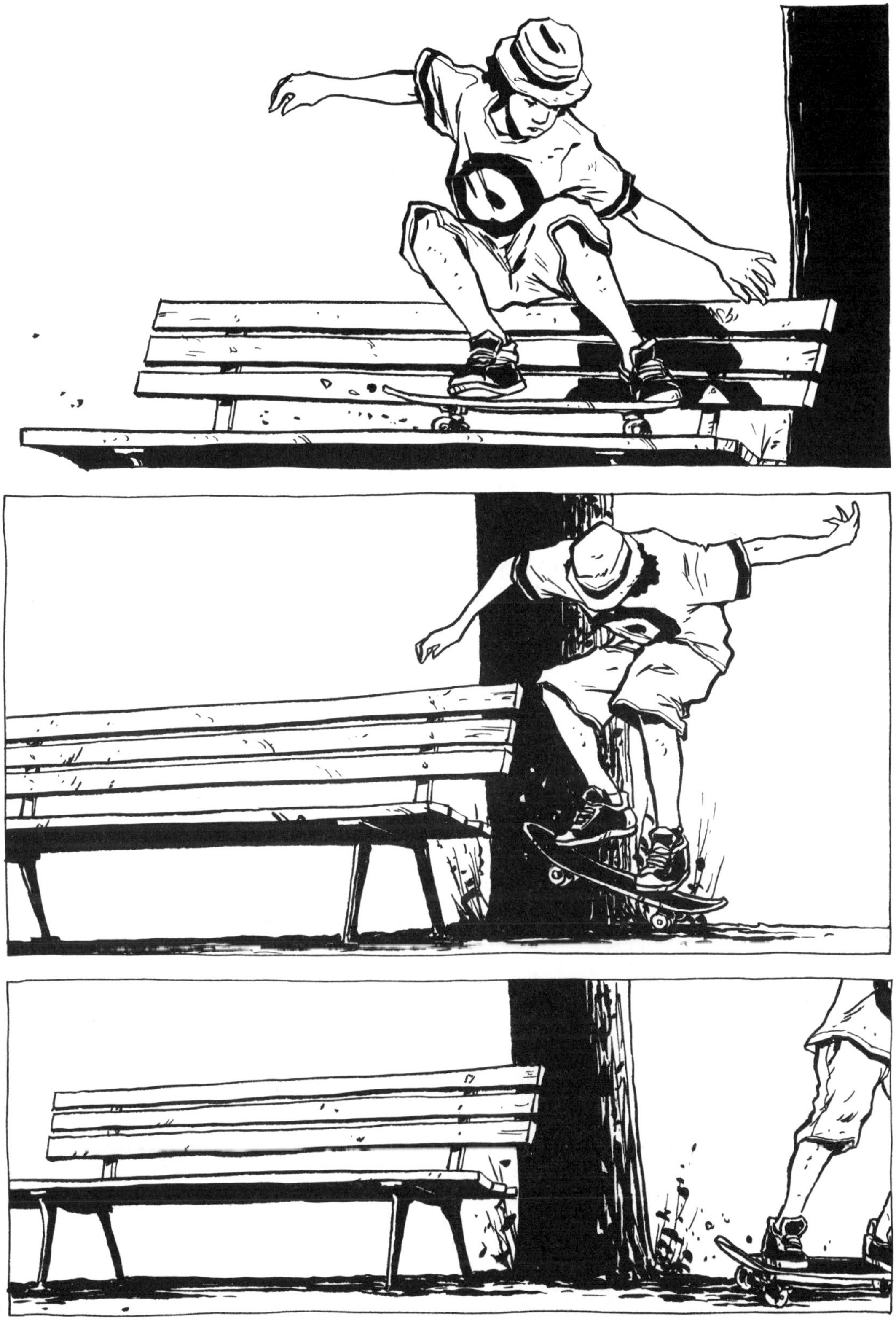

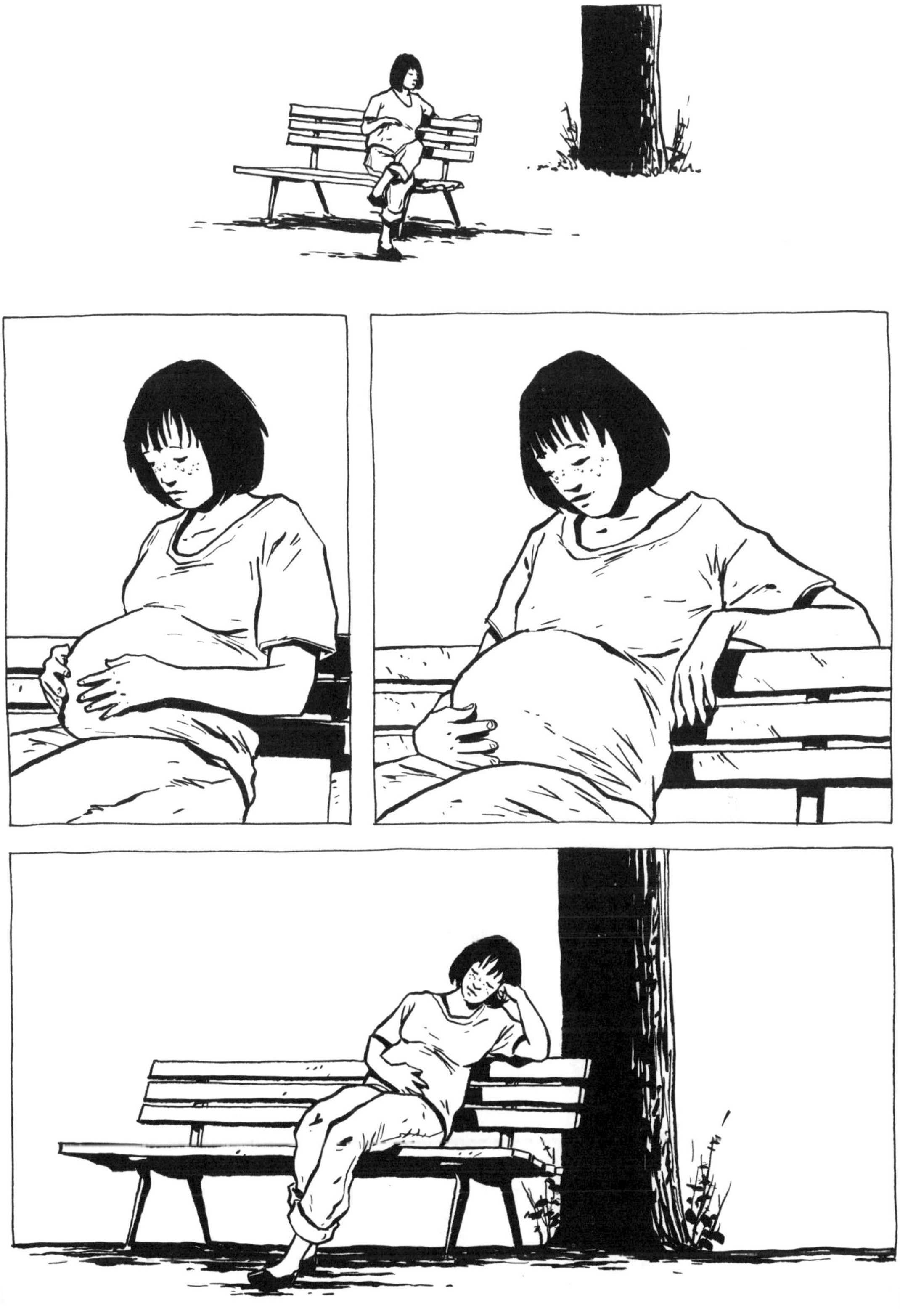

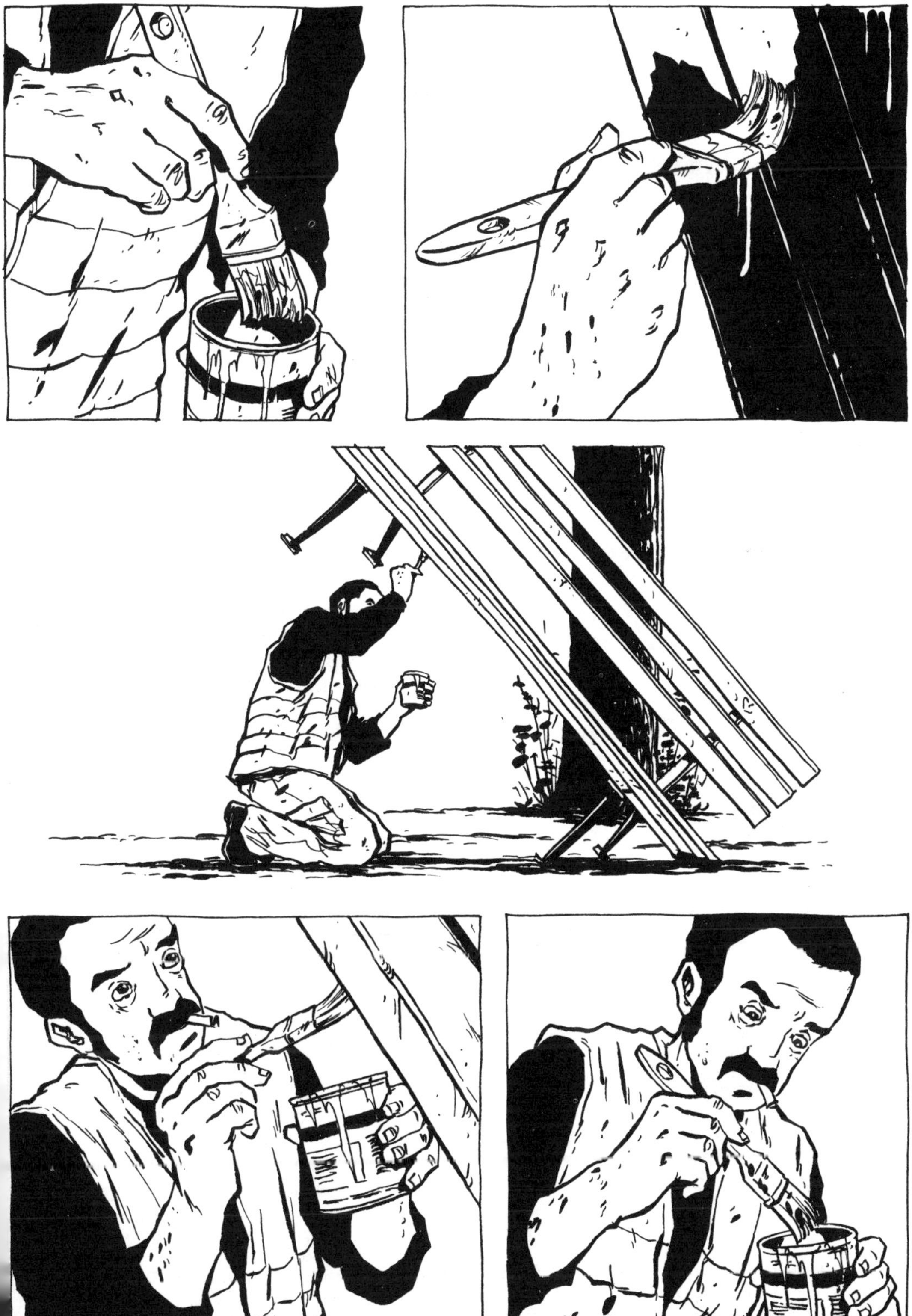

Barbara
CARTLAND

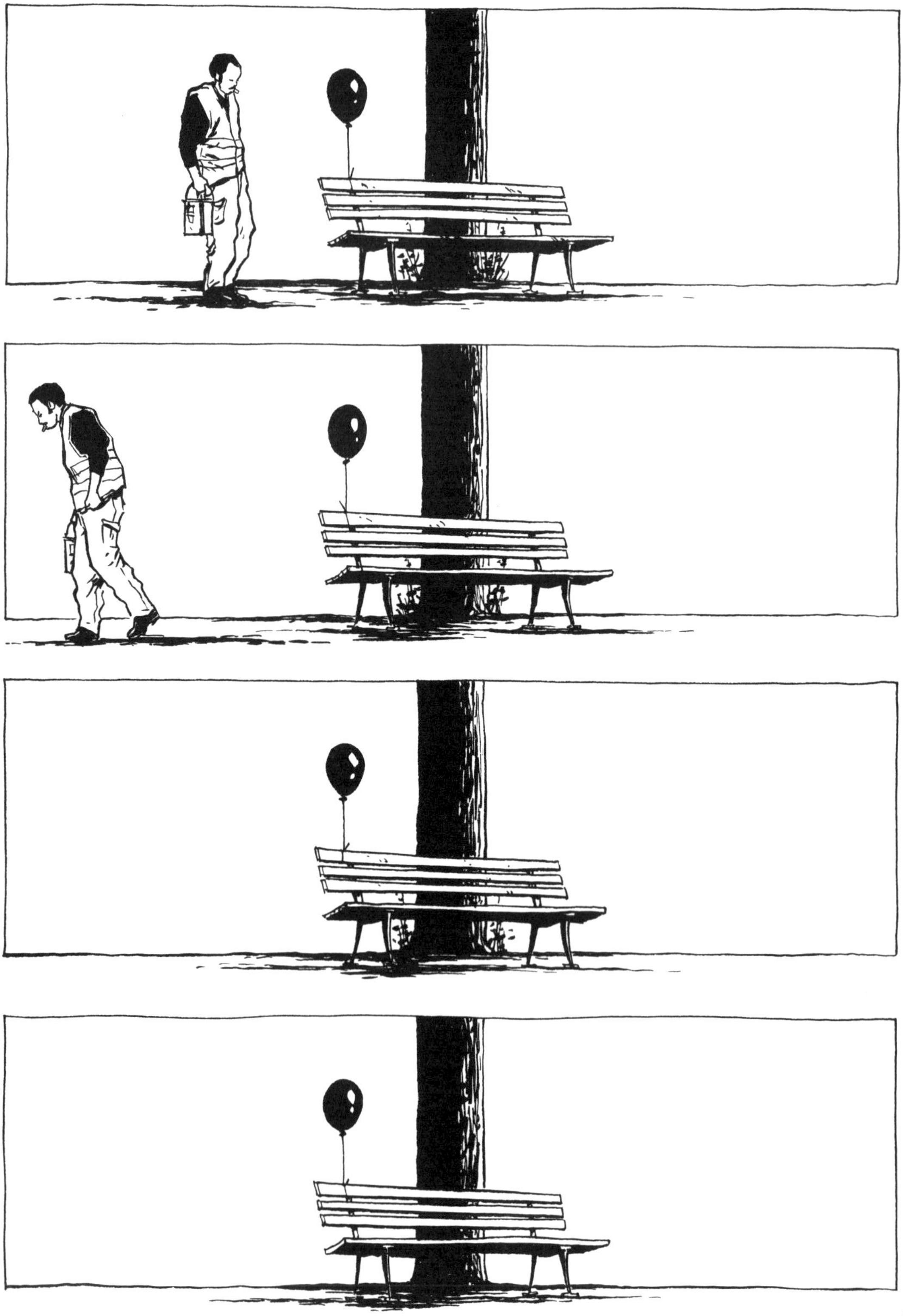

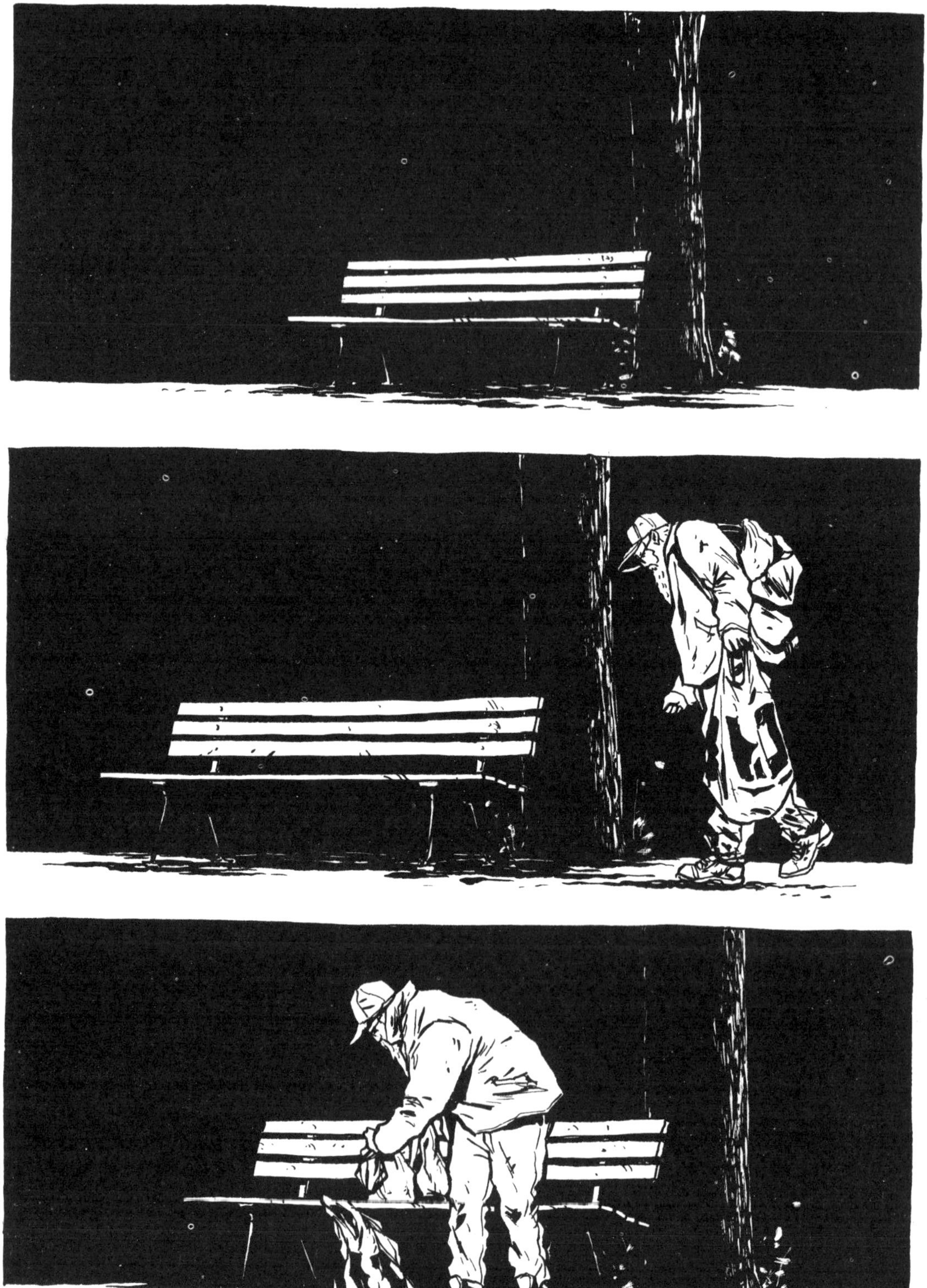

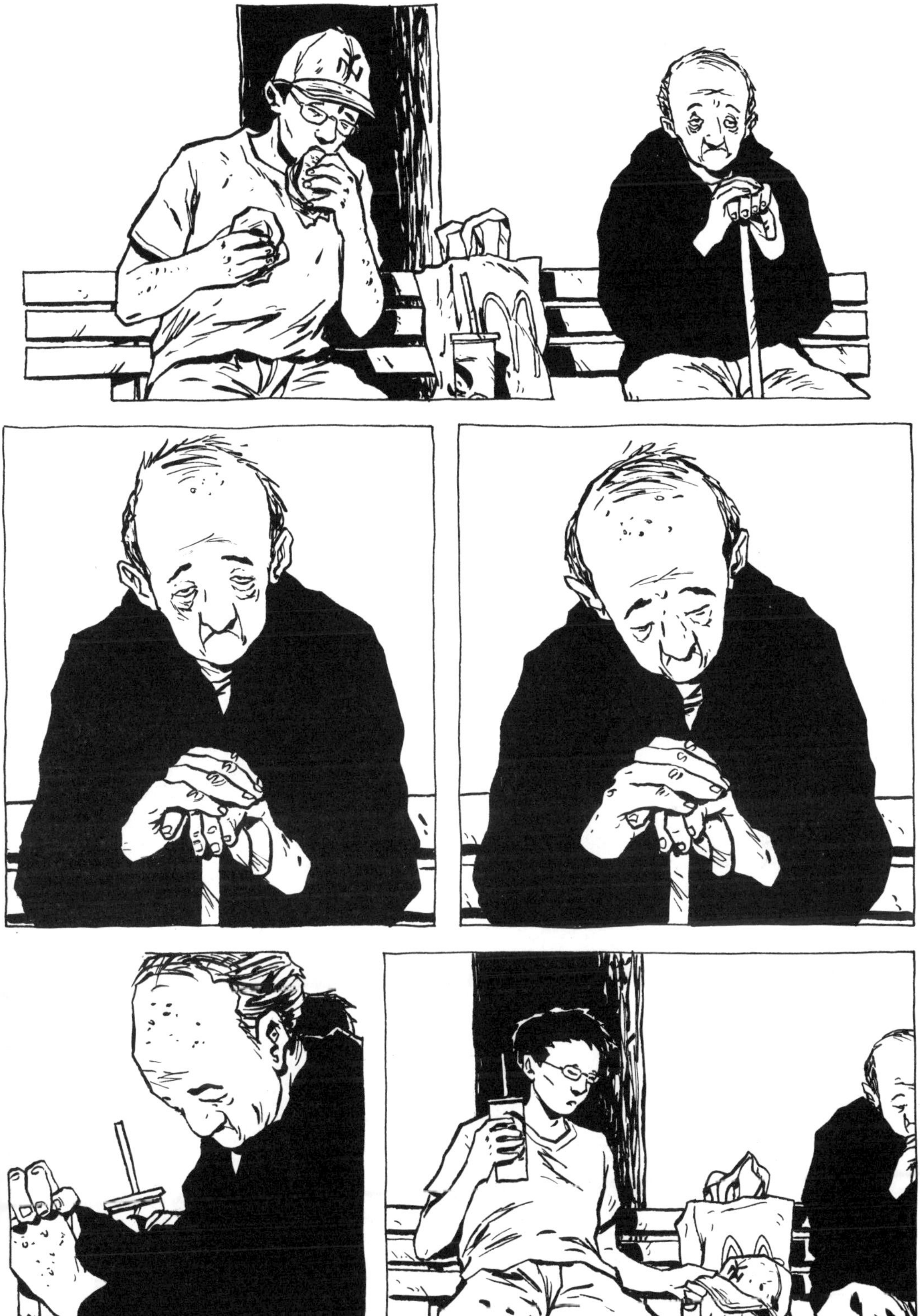

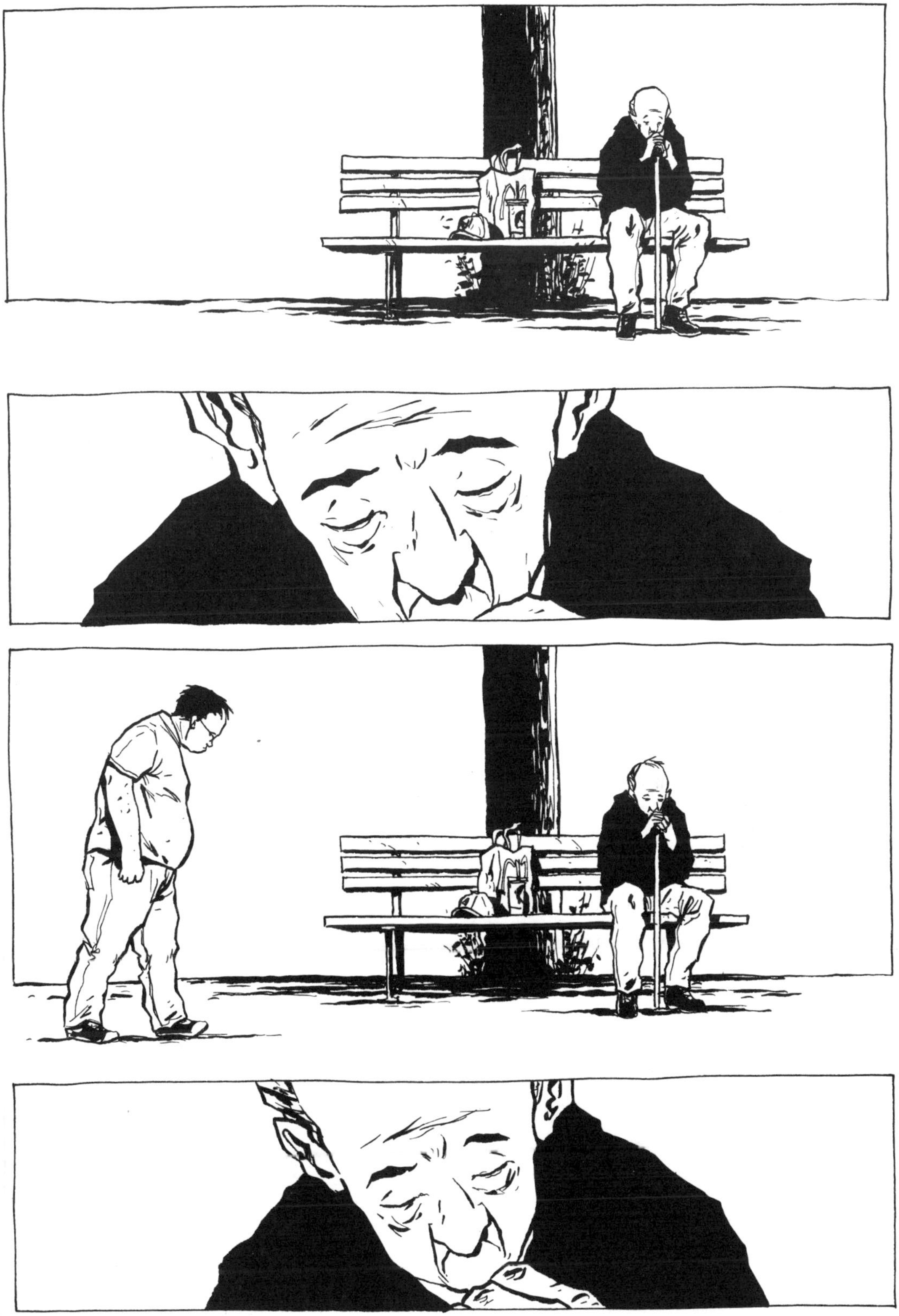

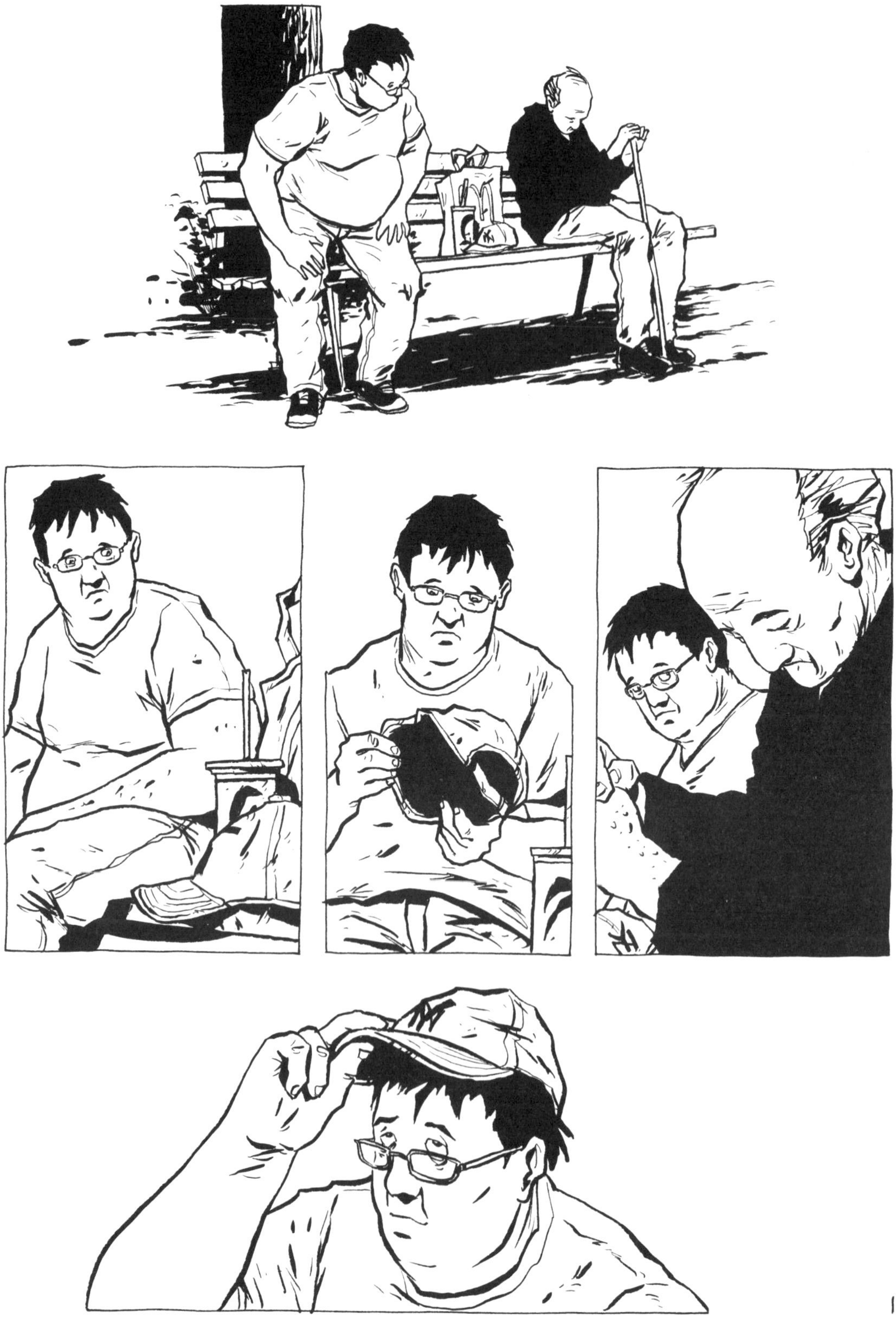

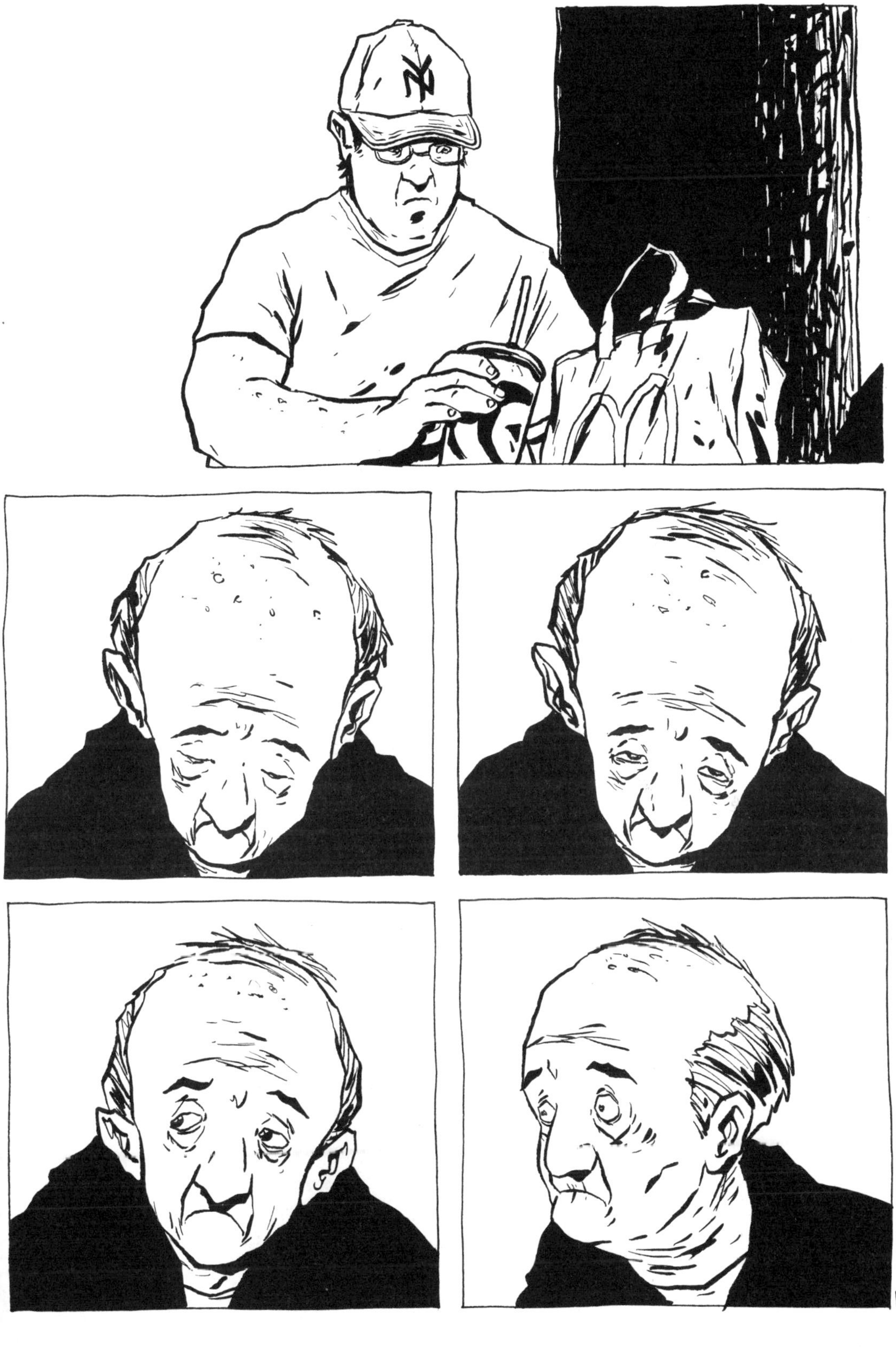

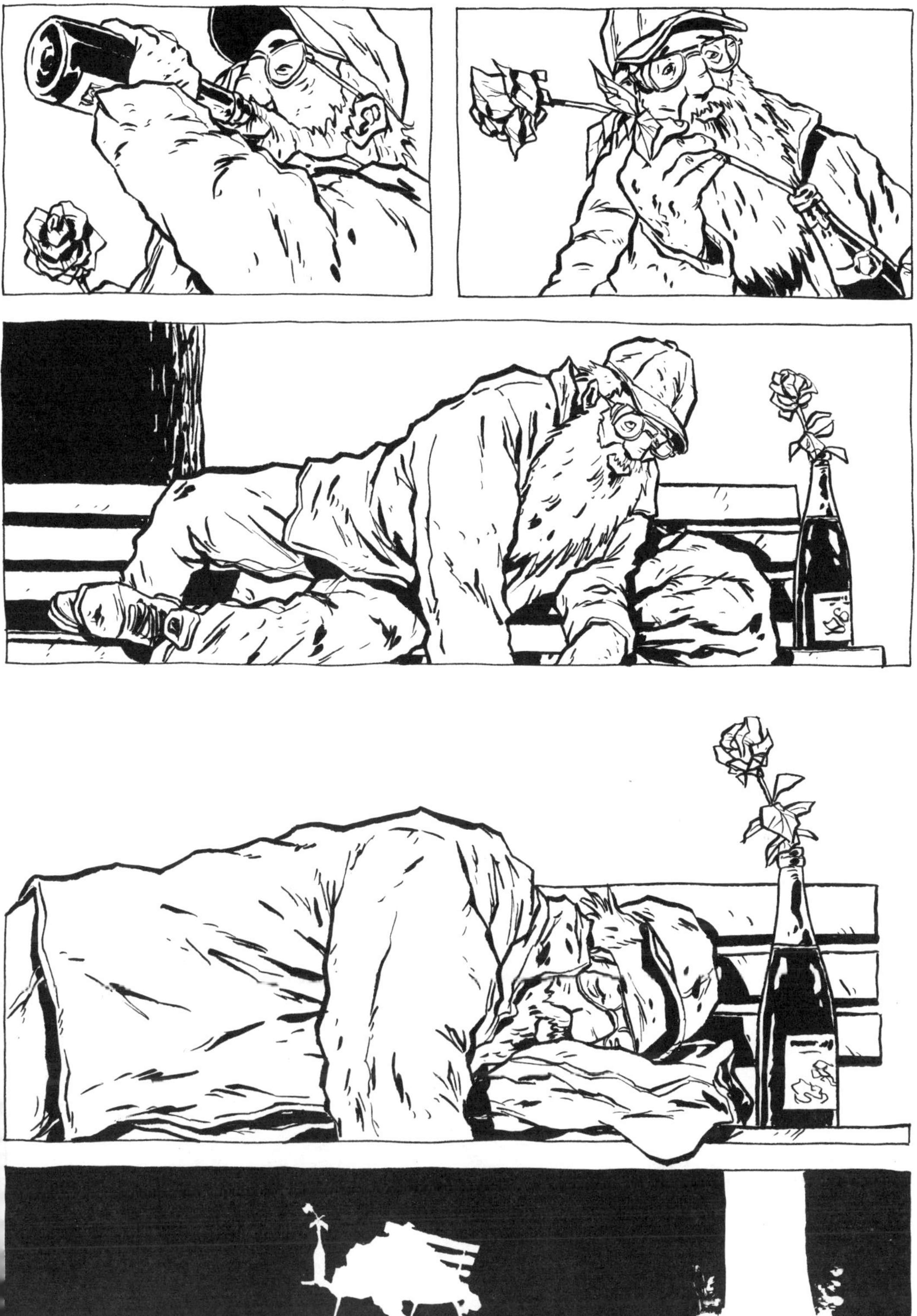

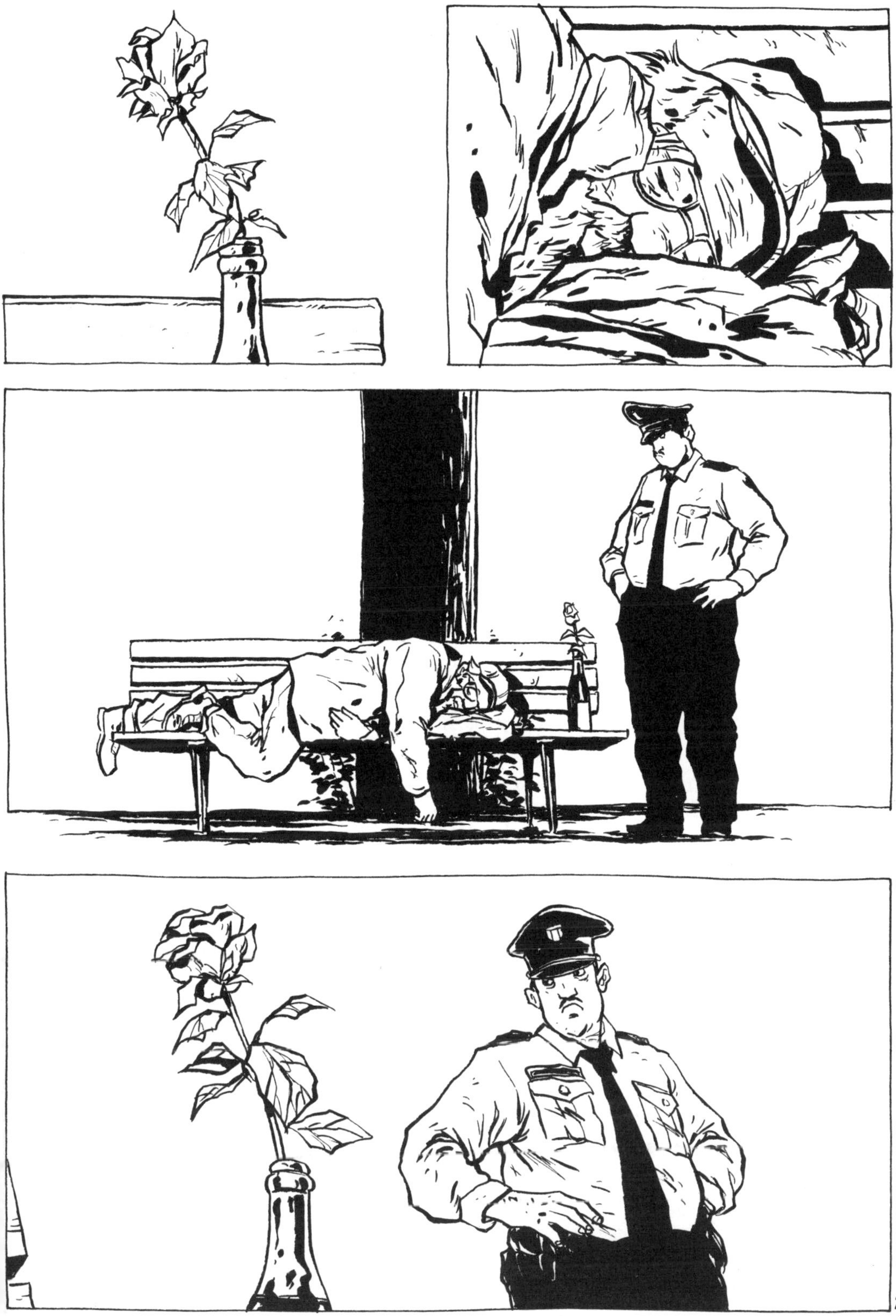

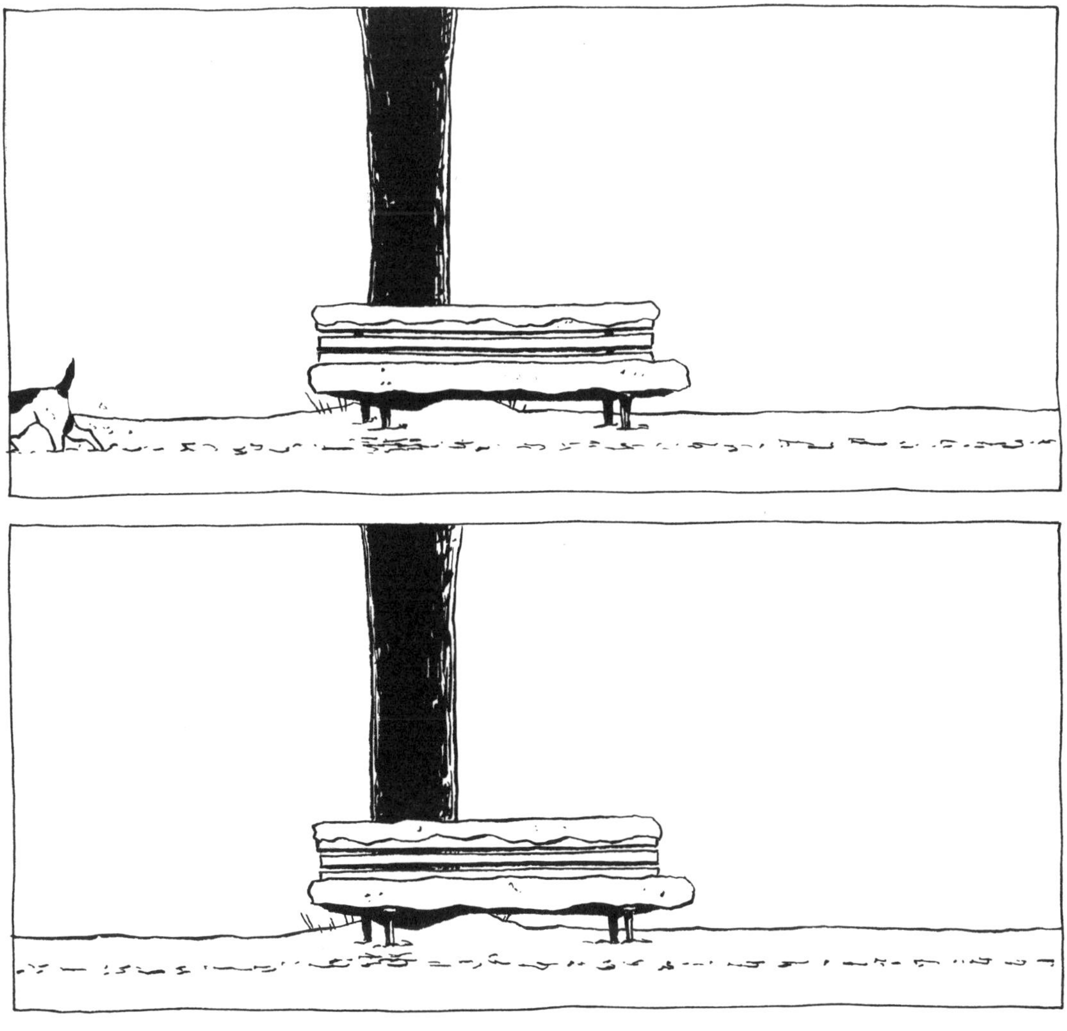

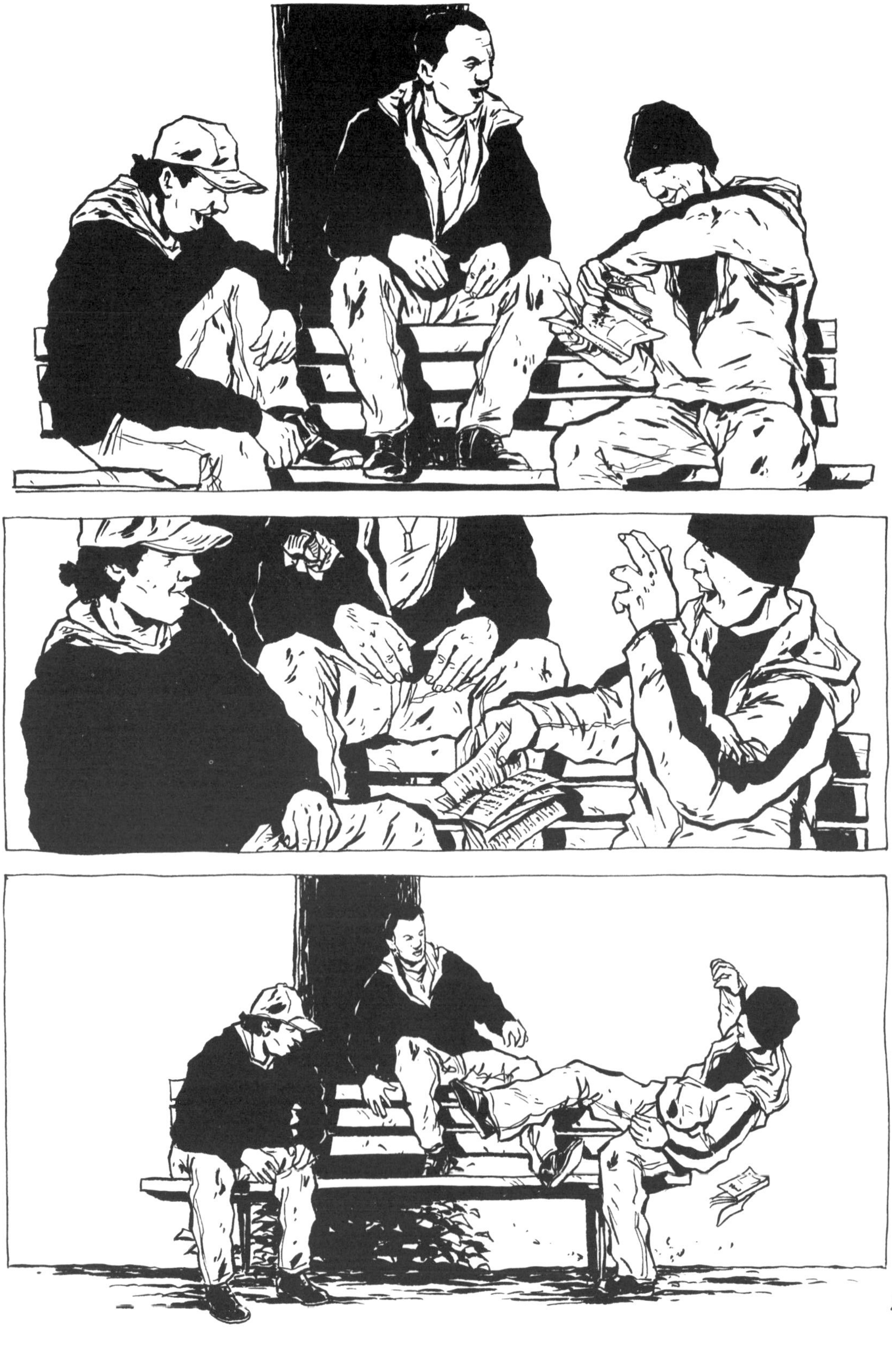

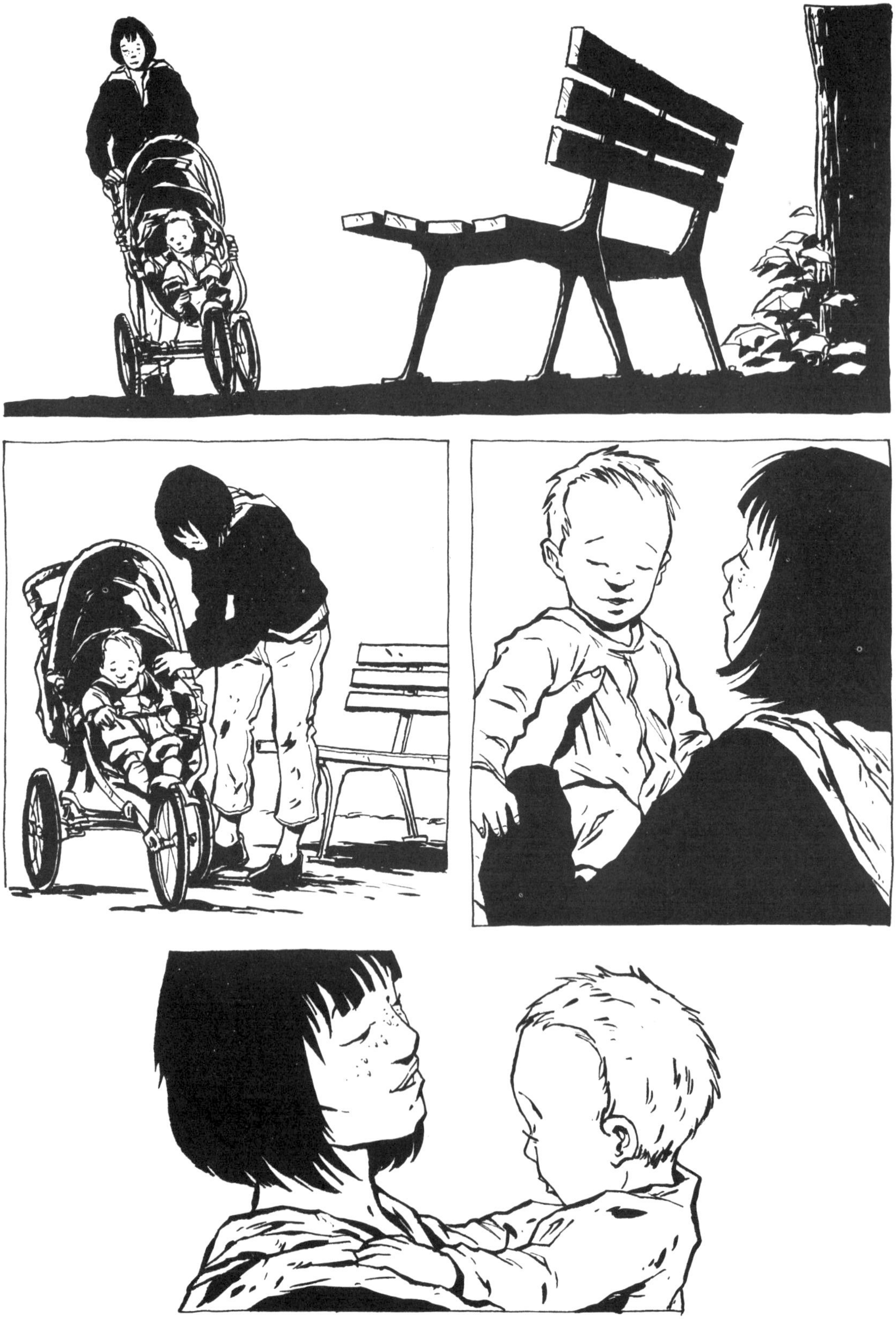

Barbara
CARTLAND

CARTLAND

* 退休万岁

VIVE
LA
RETRAITE

VIVE LA RETRAITE
VIVE LA RETRAITE

VIVE
LA
RETRAITE

VIVE LA RETRAITE
VIVE LA RETRAITE

VIVE
LA
RETRAITE
VIVE
LA
RETRAITE

VIVE
LA
RETRAITE

VIVE LA RETRAITE
VIVE LA RETRAITE

VIVE LA RETRAITE
VIVE LA

VIVE
LA
RETRAIT
VIVE
LA
RETRAIT

VIVE
LA
RETRAIT
VIVE
LA

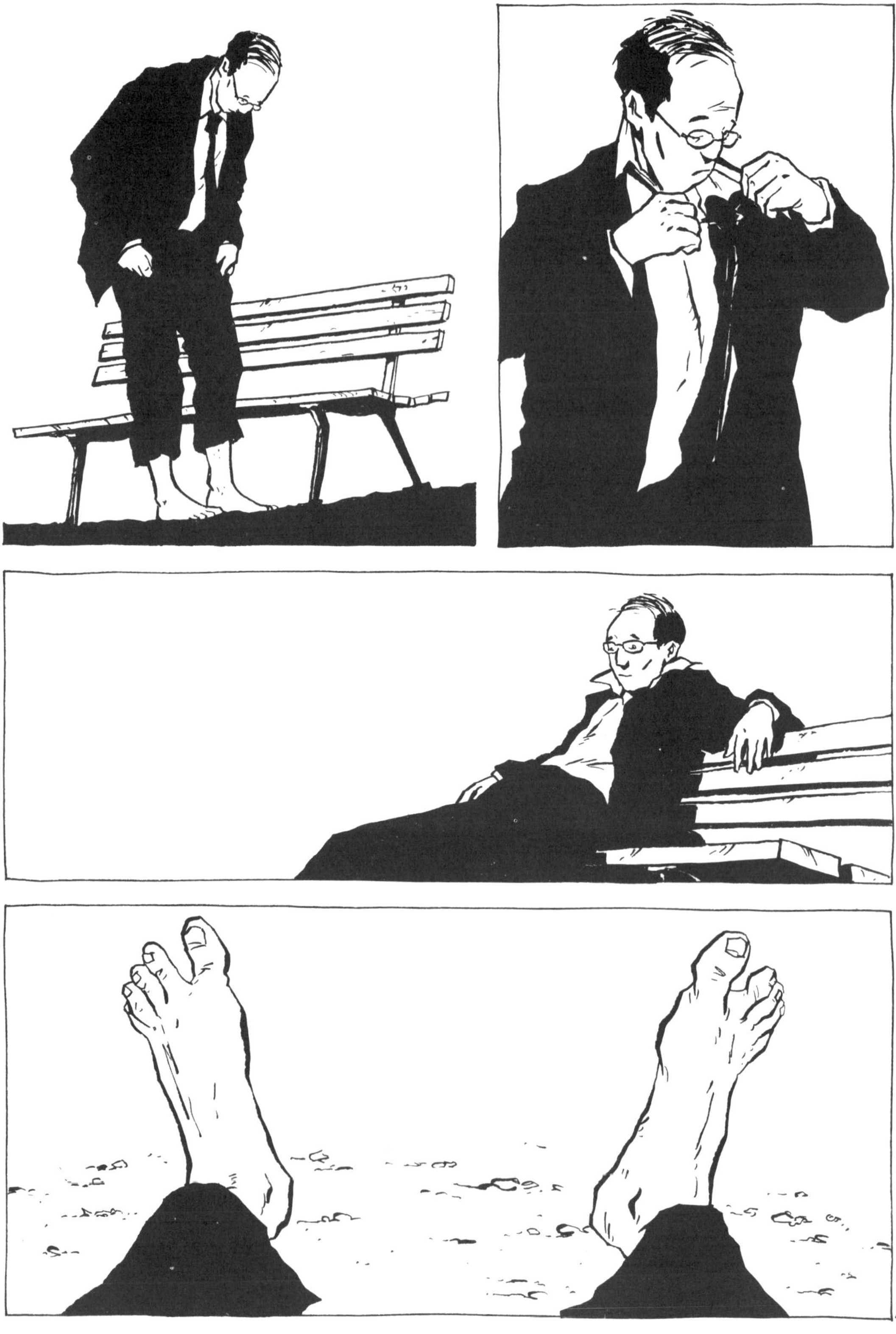

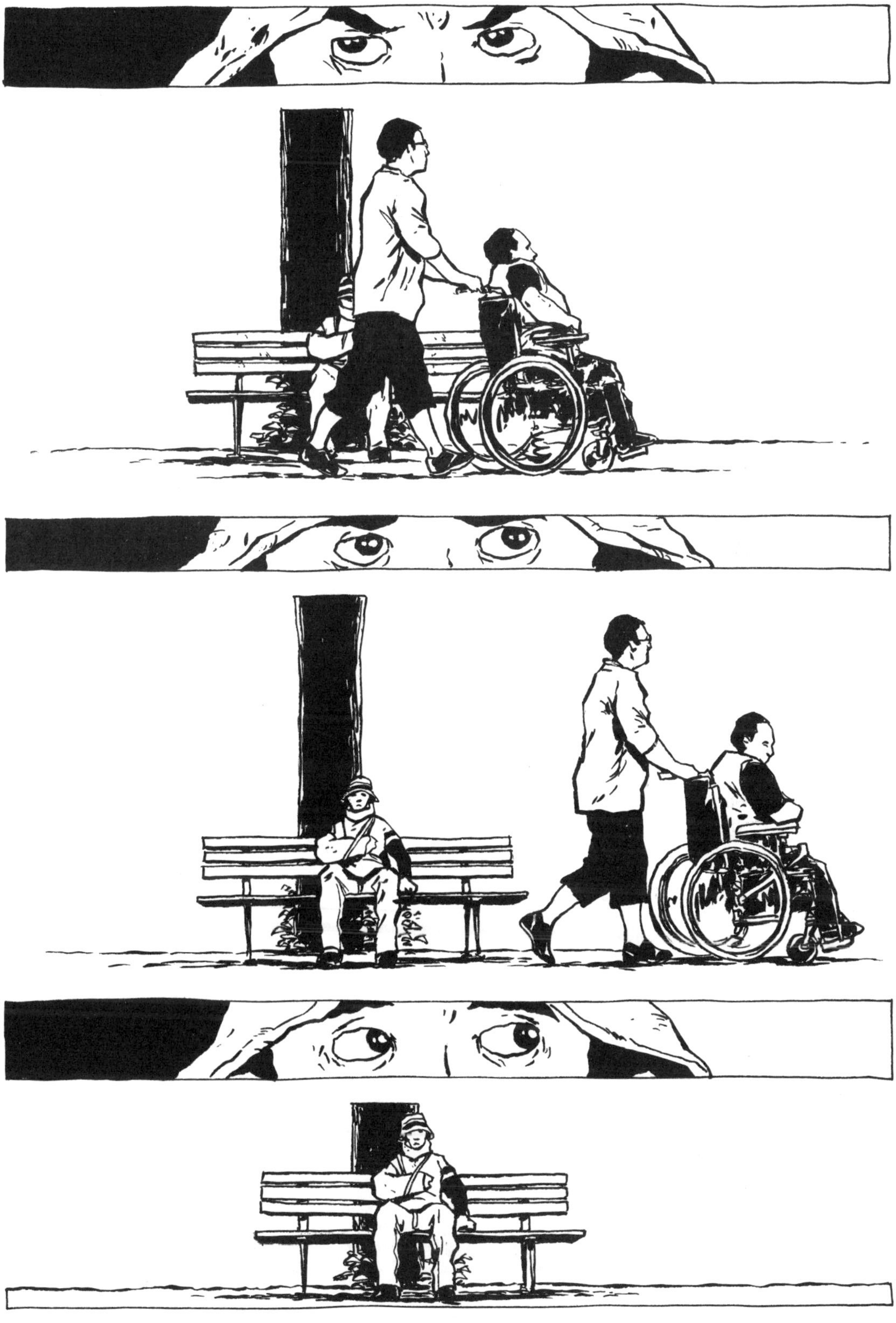

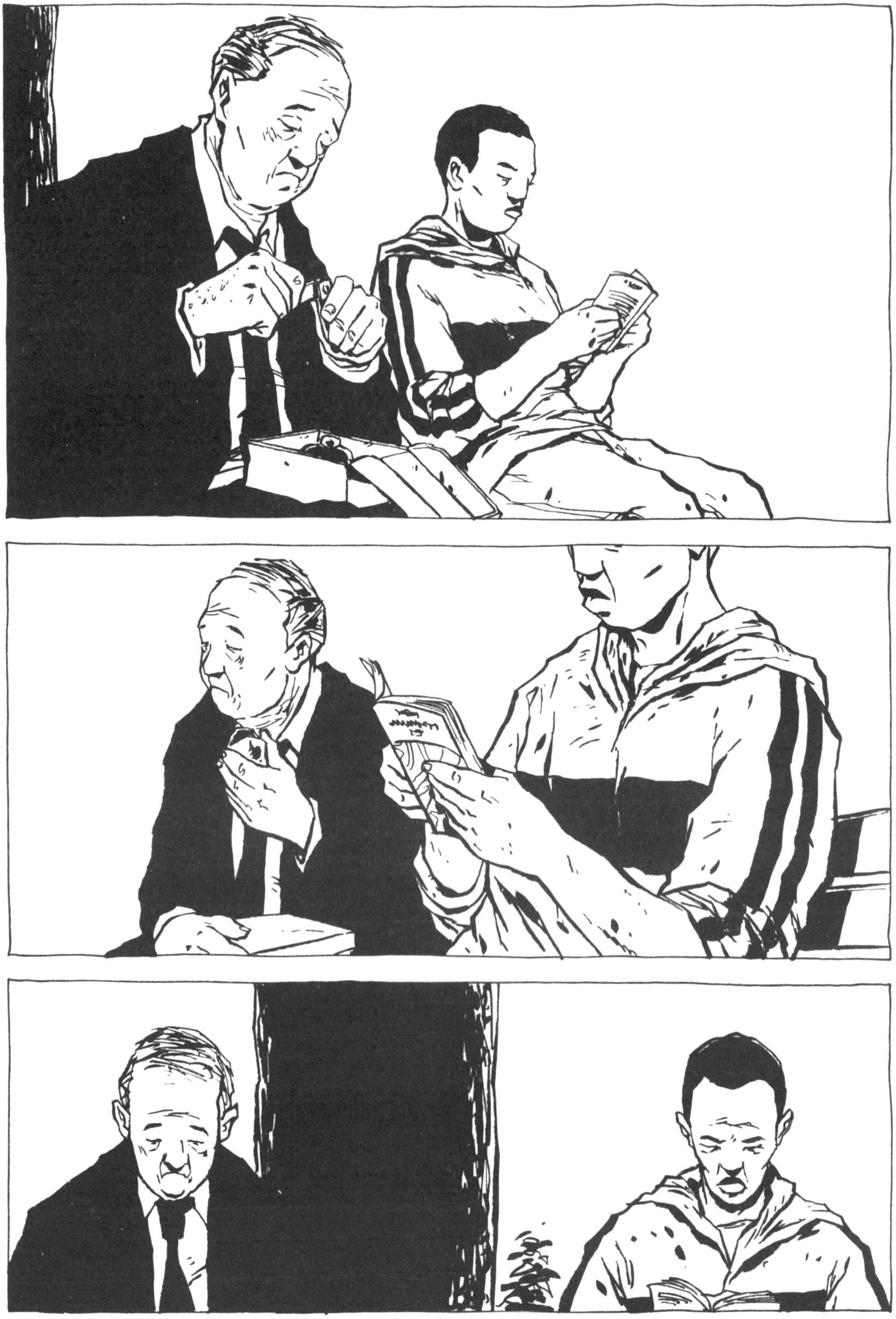

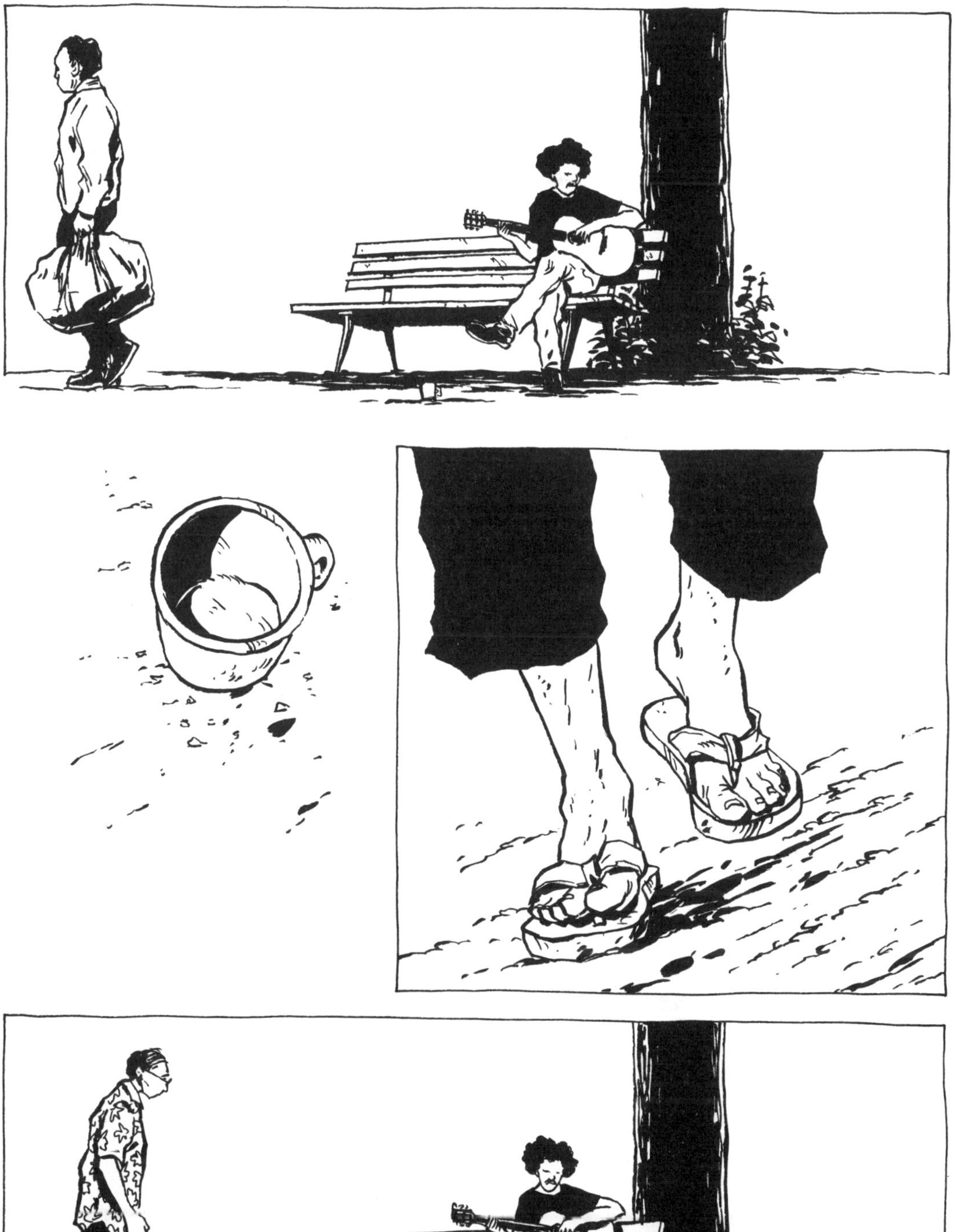

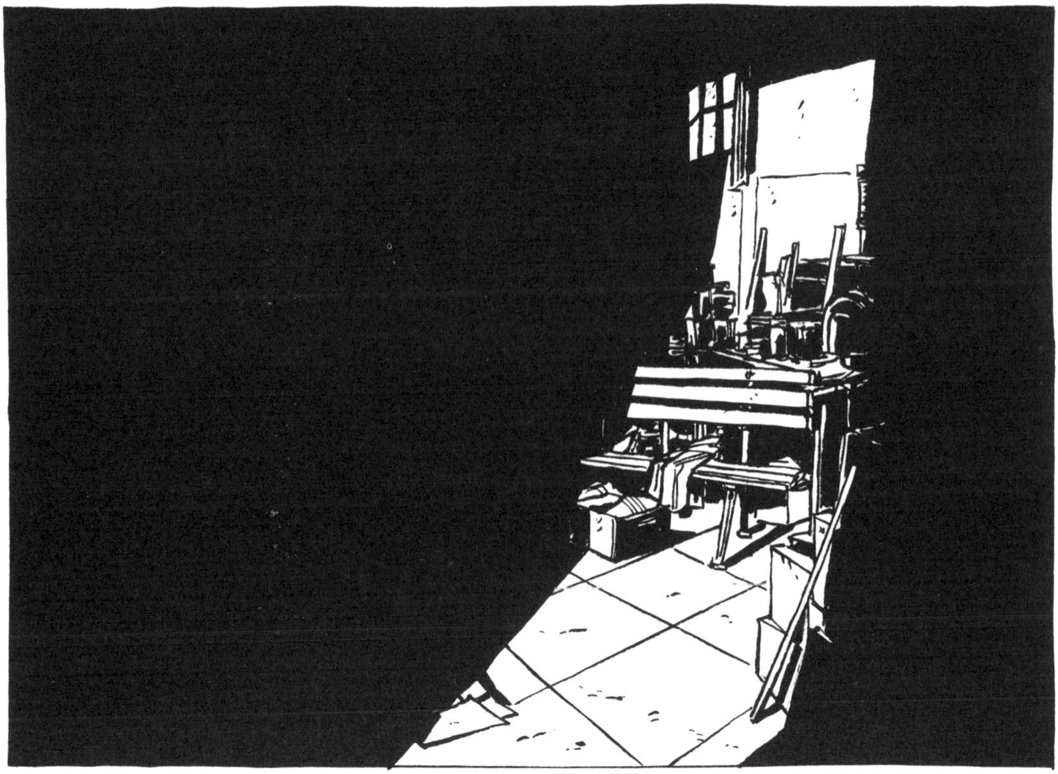

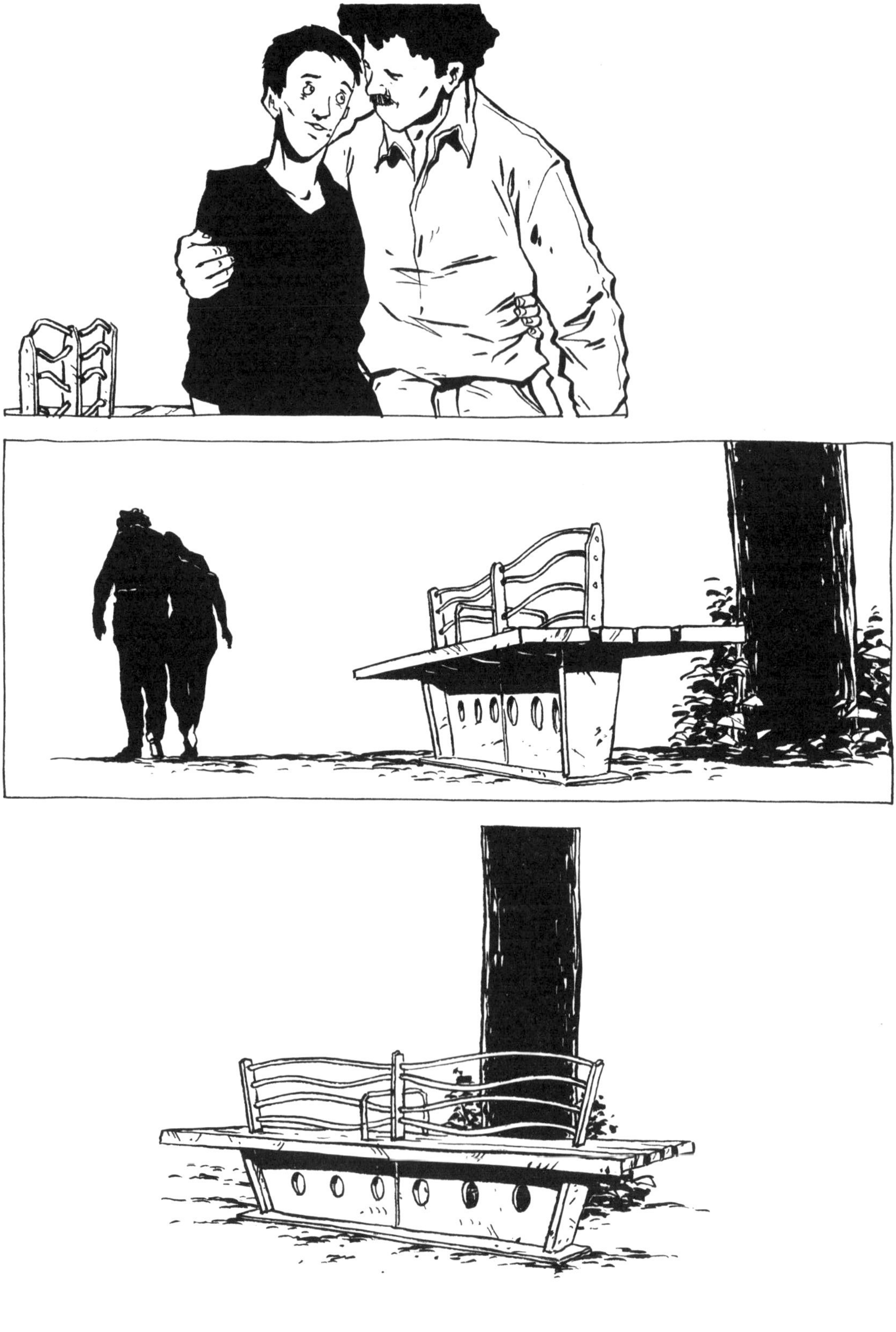

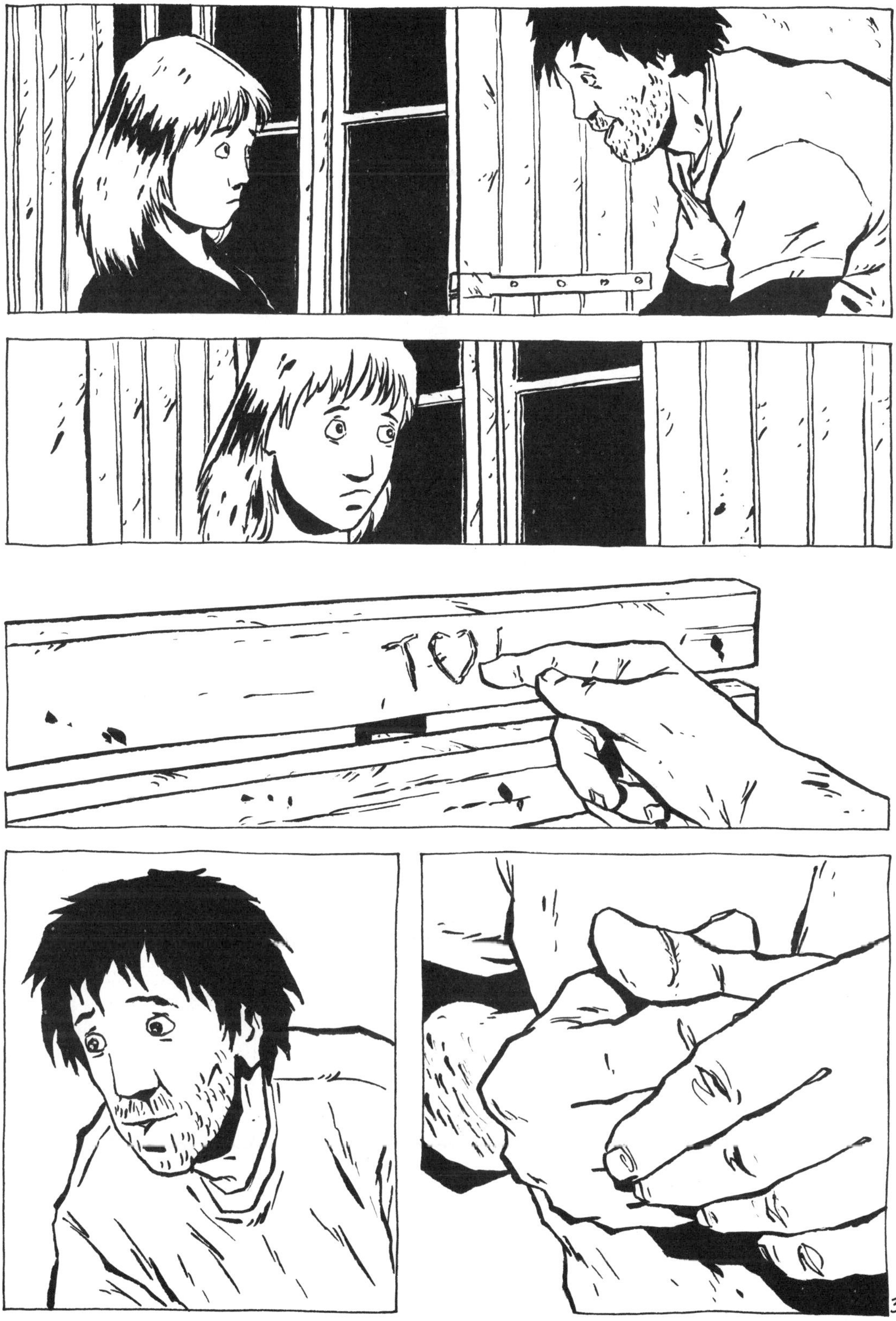

CHABOUTÉ_12

图书在版编目（CIP）数据
树下长椅 /（法）克里斯多夫·夏布特绘；后浪漫译. -- 长沙：湖南美术出版社，2019.4（2019.5 重印）
ISBN 978-7-5356-8530-8

Ⅰ.①树… Ⅱ.①克… ②后… Ⅲ.①儿童故事－图画故事－法国－现代 Ⅳ.①I565.85

中国版本图书馆 CIP 数据核字 (2018) 第 294461 号

Original Title: Un Peu de Bois et d'Acier
Author: Christophe Chabouté

著作权合同登记号：图字18-2019-007

树下长椅

SHUXIA CHANGYI

出 版 人：黄 啸
绘　　者：［法］克里斯多夫·夏布特（Christophe Chabouté）
译　　者：后浪漫
出版统筹：吴兴元
责任编辑：贺澧沙
出版策划：后浪出版公司
特约编辑：吕俊君
营销推广：ONEBOOK
装帧制造：墨白空间·张萌
出版发行：湖南美术出版社　后浪出版公司
印　　刷：北京盛通印刷股份有限公司（亦庄经济技术开发区科创五街经海三路 18 号）
开　　本：690×960　1/16
字　　数：1 千字
印　　张：20.5
版　　次：2019 年 4 月第 1 版
印　　次：2019 年 5 月第 2 次印刷
书　　号：ISBN 978-7-5356-8530-8
定　　价：92.00 元

读者服务：reader@hinabook.com 188-1142-1266
投稿服务：onebook@hinabook.com 133-6631-2326
直销服务：buy@hinabook.com 133-6657-3072
网上订购：www.hinabook.com（后浪官网）

后浪出版咨询(北京)有限责任公司 常年法律顾问：北京大成律师事务所　周天晖　copyright@hinabook.com

本书若有质量问题，请与本公司图书销售中心联系调换。电话：010-64010019